图书在版编目(CIP)数据

米德威奇布谷鸟/(英)约翰·温德姆著;李小霞,鄢宏福译. —北京:人民文学出版社,2023
(约翰·温德姆科幻经典系列)
ISBN 978-7-02-017736-3

Ⅰ.①米… Ⅱ.①约… ②李… ③鄢… Ⅲ.①幻想小说-英国-现代 Ⅳ.①I561.45

中国国家版本馆 CIP 数据核字(2023)第 013554 号

责任编辑 **卜艳冰 张玉贞 傅 钰**
装帧设计 **汪佳诗**

出版发行 **人民文学出版社**
社 址 **北京市朝内大街 166 号**
邮政编码 **100705**

印 刷 **山东临沂新华印刷物流集团有限责任公司**
经 销 **全国新华书店等**

字 数 **108 千字**
开 本 **890 毫米×1240 毫米 1/32**
印 张 **7.75**
版 次 **2023 年 3 月北京第 1 版**
印 次 **2023 年 3 月第 1 次印刷**

书 号 **978-7-02-017736-3**
定 价 **55.00 元**

目录

第一部

第一部

第一章
禁　入

妻子一生中最幸运的事，莫过于她碰巧嫁给了一个九月二十六日出生的丈夫；不然的话，九月二十六日至二十七日晚上，我俩肯定会待在米德威奇的家中。她算是幸运地逃过一劫，对此我一直心存感激。

那天是我的生日，前一天我还收到并签下一位美国出版商寄来的合同，因此二十六日上午我们去了伦敦，稍微庆祝一下。我们过得很愉快。我们顺利拜访了几位朋友，在惠勒氏餐厅吃了龙虾、喝了夏布利葡萄酒，去电影院看了乌斯蒂诺夫[①]最新的电影，吃了夜宵，然后回到酒店。

① 彼得·乌斯蒂诺夫（1921—2004），英国编剧、导演、演员，主演作品包括《尼罗河上的惨案》等。

珍妮特对酒店浴室十分满意，她向来对别人家的水温很感兴趣。

第二天上午，我们从容地返回米德威奇，途中在特雷恩镇买了些日用品，这是距离我们村最近的购物小镇，然后沿着大路往前开，穿过斯托奇村，向右拐入岔路。不好。一半路幅被杆子拦了起来，上面挂着“道路封闭”的告示，栏杆旁站着一位警察，他举起手……

我停下车。警察走到车的右侧，我认出他是特雷恩镇人。

“不好意思，先生。道路封了。”

“那就是说我得绕道走奥普利路吧？”

“恐怕那条路也封了，先生。”

“可是——”

后方传来汽车喇叭声。

“如果您不介意，请往左后方倒一点儿，先生。”

我十分疑惑，且按他的话做，一辆核载三吨的军用卡车从我们旁边经过，上面满载穿着卡其色军装的年轻人。

“这是发生了革命还是怎么着？”我问道。

“军事演习，”他说，“道路禁止通行。”

“两条路都禁止？我们住在米德威奇，警官。”

“我知道，先生。但是现在不准进入。先生，如果我是你的话，我会返回特雷恩，静观其变。车不能停在这儿。必须保证通道畅通。”

珍妮特打开副驾驶一侧的车门，拎起购物袋。

“我步行吧，你等路通了再回去。”她对我说。

警官犹豫了一下。然后他压低嗓音说：

“看来您真是村里人，夫人。我这么跟您说吧——这可是机密。步行进去也不行，夫人。所有人不得进入米德威奇，事实就是这样。”

我们死死地盯着他。

“可为什么呀？”珍妮特说。

“上面正着手调查呢，夫人。现在，如果你们去特雷恩镇的老鹰旅店候着，路一通我就会让人通知你们。”

我和珍妮特面面相觑。

“好吧，”她对警官说，“真是怪事，不过如果我们真过不去……”

“真的，夫人。这是命令。我们会通知的，尽快。”

就算要争，也不该与这位警官争；他只是奉命行事，而且态度已经无可挑剔了。

“好吧，”我同意道，“我叫理查德·盖福德。我会让老鹰旅店捎信给我，以免路通了我不在。”

我继续向后倒车，回到大路。既然通往米德威奇的另一条道路也已经封闭，我只好掉头沿原路返回。一开过斯托奇村另一边，我就驶离大路，将车开到一处田间入口。

“真是怪事，”我说，“我们要不要从田野里穿过去，看看是怎么回事？”

“警察怪里怪气的。去看看吧。”珍妮特一边说，一边打开车门。

更怪的是，众所周知，米德威奇并不是个容易发生大事的地方。

我和珍妮特在村里住了一年多，我们发现平淡无奇是米德威奇最重要的特点。实际上，就算在村口竖起牌子，挂上红色三角形，下面配上“米德威奇，请勿打扰”的字样，也并无不妥。为何米德威奇在上千座村庄中被挑中，成为九月二十六日离奇事件的发生地，一直令人不解。

看看这个地方到底有多普通吧。

米德威奇村地处特雷恩镇西北约八英里①。特雷恩镇的主路向西，经过毗邻的斯托奇村和奥普利村，两座村庄各有一条次要公路通往米德威奇。这样一来，米德威奇正好处在道路三角的顶点，奥普利和斯托奇则位于两个底角。村里剩下的唯一一条公路只有一条车道，这条切斯特顿②风格的道路向北蜿蜒五英里，通向距离只有三英里的希克姆。

村子中心是一片三角形绿地，其间散落着五棵高大浓密的榆树，还有一口围着白色栏杆的池塘。战争纪念碑矗立在绿地靠近教堂的一角，绿地周围有教堂、牧师住宅、旅馆、铁匠铺、邮局、韦尔特太太的商店和一些农舍。村

---

① 长度单位。1 英里等于 1.609344 千米。

② 切斯特顿（1874—1936），英国评论家、诗人、散文作家和小说家，最成功的作品是以布朗神父为主角的一系列侦探小说。朋友包括 H.G. 威尔斯、萧伯纳等。

子总共有六十间农舍和住房，一处村务大厅，以及凯尔庄园和农庄。

教堂总体上多垂直的线条和华丽装饰，入口和正面属于诺曼西部风格。牧师住宅属于乔治时代风格；农庄属于维多利亚风格；凯尔庄园偏都铎风格，同时杂糅了后期的式样。农舍呢，从伊丽莎白一世到伊丽莎白二世期间的各种风格应有尽有。“部门”接管农庄用于研究之后，在农庄两翼新加盖的实用主义建筑，则比最近的县议会建筑更显新颖。

米德威奇从来都是无声无息。它缺乏重要的战略位置，不适合建立市场，也没有重要的马道经过。它只是偶然之间出现的一座村庄。《末日审判书》①上将它标记为小村庄，从此以后一直如此，马车公路时代、运河时代、铁路时代都没有眷顾这座村庄。

截至目前，村里没有发现有价值的矿藏，官方从未考虑选择在这里修建机场、靶场或者备战学校。只有“部门”青睐这座村庄，但他们改造农庄对村里的生活没有什么影响。米德威奇已经在田园牧歌式的生活中沉睡了千年。若没有九月二十六日晚上发生的事件，它将一如既往地沉睡下一个千年。

当然，也不是说米德威奇完全没有历史。它也曾散

---

① 《末日审判书》又称《土地赋税调查书》，是英王威廉一世下令进行的全国土地调查情况的汇编，出版于1086年。

发历史的光辉。一九三一年，这里曾莫名爆发口蹄疫。一九一六年，一架偏航的齐柏林飞艇投下一枚炸弹，所幸炸弹落入农田，没有引爆。在此之前，村庄还上过新闻头条——好吧，不论如何，那是大幅报纸——无足轻重的拦路强盗布莱克·内德在镰刀与石头酒馆的台阶上被斯威特·波莉·帕克枪杀。尽管这种报复行为是出于个人原因而非社会原因，但她在一七六八年的民谣中广受赞誉。

当然，还有一四九三年，附近的圣阿克齐乌斯修道院被关闭引起了轰动。自此之后，教友被重新分配，背后的原因不断受到当地人的质疑。

其他历史事件包括：克伦威尔曾在教堂里拴过马，威廉·华兹华斯游玩修道院遗址之后创作了一首老生常谈的评论性十四行诗。

除此之外，米德威奇的时光之河波澜不惊。

村民的生活同样波澜不惊——或许，有些青年男女婚前有些躁动不安。实际上，除了牧师夫妇、凯尔庄园的泽勒比一家、医生、当地护士、我们夫妻两个以及研究人员之外，大多数人世世代代都过着平静的生活，这已经成为他们的权利。

九月二十六日，一切毫无征兆。或许，就像铁匠的妻子布兰特太太后来所说的，她在一块田里同时看到九只喜鹊时确曾感到一丝不安；又或许，女邮政局长奥格尔小姐头一天晚上梦到巨大的吸血蝙蝠时可能感到心绪不宁。但是，尽管如此，布兰特太太的预兆和奥格尔小姐的噩梦来得太频繁，并没有引起她们的警觉。当天晚上之前，再也没有其他证据说明那个星期一有任何异常。巧合的是，我和珍妮特去了伦敦。而星期二，二十七日……

* * *

我们锁上车门，翻过入口大门，踏着收完庄稼的田地，走进灌木丛中。跨过灌木丛，又经过一片长满须茬的田地，这里的地势略微隆起。这是一大块田地，远处长着浓密的灌木，我们必须继续向左，寻找出口爬出去。经过一片草地，来到丘陵的高处，从这里米德威奇村可以尽收眼底——树木掩映中间，看不到什么景象，只见几缕灰烟翩然升起，教堂的塔尖在榆树梢中若隐若现。同时，在另一片田间，可以看到四五头牛躺倒在地上，明显是睡着了。

我不是村民，只是住在当地，但是潜意识里我感觉哪里有些不对劲。牛会蜷缩起来，也会反刍，没错，这很常见；但是牛躺下酣眠，绝对不会。然而，当时我并没有觉察出哪里不正常。我们继续向前走。

我们翻过躺着牛的田地的围栏，继续往前。

左边远处有人朝我们大声呼喊。我四处张望，看到远处田野中间有个穿卡其色衣服的人影。他喊什么听不清楚，但他挥舞棍棒的手势显然是要我们后退。我停下脚步。

“哎，来吧，理查德。他离我们好儿英里远呢。”珍妮特一边不耐烦地说，一边继续朝前跑。

我迟疑不前，看到那个人影更加猛烈地挥舞棍棒，他的喊声也更响亮，但喊什么依然无法分辨。我准备跟上珍妮特。这时，她在我前方二十码远的地方，正当我准备迈步向前时，她晃了一下，悄无声息地倒下去，一动不动……

我僵在原地。情不自禁。如果她扭了脚踝，或者是绊到什么东西，我肯定会跑到她身边。但一切来得太过突然，倒得太过彻底，倏然之间，我竟愚蠢地以为她中了子弹。

我只是稍作停顿。之后，我继续向前。恍惚之中，我仍然记得那个人在我左方呼喊，但是我没有理睬。我急忙朝她奔去……

但我没有到达她的身边。

我昏死过去，甚至没有觉察到身体撞到地面……

第二章
寂　静

就像我说的，二十六日的米德威奇一切如常。我彻头彻尾地了解了事件的经过，可以原原本本地告诉你大家都在哪儿，都在干什么。

比方说，镰刀与石头酒馆照常营业，招待的都是常客。有些年轻的村民——还是上个星期一的那一帮人——去了特雷恩看电影。邮局里面，奥格尔小姐正在电话总机旁织毛衣，像往常一样，她正在与人聊天，她觉得这可比接打电话更加有趣。塔珀先生以前在园子里打零工，他在橄榄球赌博中赢了大奖，奖品是一台宝贝彩电。这时，彩电又出了故障，他正火冒三丈，嘴里骂骂咧咧，不堪忍受的妻子已经上床睡觉。农庄一两间新实验室里仍然亮着灯，但这也丝毫没有异样。一两名研究人员深夜加班探索奥秘实属正常。

但是，尽管一切正常，这再平凡不过的一天对某些人来说也意义非凡。例如，我已经提到，这天是我的生日，因此我的小屋关着门，一片漆黑。巧合的是，在凯尔庄园里，费雷琳·泽勒比小姐对艾伦·休斯先生（暂时是陆军少尉）说，订婚不仅是两个人的事，必须告诉她父亲。

经过一番犹豫和挣扎之后，艾伦走进戈登·泽勒比的书房，向他报告。

艾伦看到凯尔庄园的主人舒适地躺在大扶手椅上，闭着眼睛，一头精致的银发，靠在右侧扶手上。屋内放着音乐，乍一看还以为他睡着了。只见他一言不发，也没有睁眼，而是挥舞左手指了指另一张安乐椅，然后把手指放到唇边，示意艾伦保持安静。

艾伦踮着脚尖走到椅子旁坐下。这时播放的是一段插曲，听着听着，他已经到了嘴边的话都被忘到了九霄云外，接下来十分钟左右，他仔细打量着书房。

一面墙上，除了他刚才进来的一扇门之外，从天花板到地面都堆满了书籍。书房四周，下方的书架上，摆放着更多图书。除了放书的地方，有落地窗，有壁炉架，壁炉里闪着令人舒适的火光，或许此时还没有必要生火，此外还有唱机。几只装有玻璃的柜子，其中一个存放着泽勒比各种语言、各种版本的著述，柜子最下面一层还留有一些空间，可以安放更多作品。

这个书柜上方挂着一幅红色粉笔素描，画上是一个潇洒的年轻人，尽管已经过去四十年，仍然可以从中看出戈登·泽勒比的影子。另一个书柜上放置着一尊活力四射的铜像，这是二十五年后的戈登给爱泼斯坦①留下的印象。书房的几堵墙壁上悬挂着几幅名人的签名素描。壁炉上方和周边的空间则安置着家人的纪念品。其中有戈登·泽勒比父亲、母亲、兄弟和两个姐妹的画像，有的画像与费雷琳和她的妈妈（泽勒比太太一号）十分相似。

安吉拉（也就是现在的戈登·泽勒比太太）的一幅画像，位于书房中央书桌的上方，这里是书房的焦点，宽大的皮面书桌正是上述著作诞生的地方。

著作让艾伦想起他选择的时机再合适不过，因为一本新的著作正在酝酿之中。这一点很明显，此刻泽勒比先生显得有些心不在焉。

“他酝酿的时候总是这样，”费雷琳已经提醒他，“他似乎有些精神恍惚。他花很长时间散步，结果不知道自己身处何处，只好打电话叫人送他回家，诸如此类的事情。这种状态持续的时候令人厌烦，一旦他最终开始写作，一切又恢复正常。在这个阶段，我们只需对他严格一点，确保他三餐正常，仅此而已。”

总体来看，书房有舒适的椅子、方便的照明、厚实的地毯，艾伦觉得这就是主人对平衡的生活务实的态度。

---

① 爱泼斯坦（1880—1959），英国现代雕塑家。

他回忆起来，这些著作他只读过一部《当我们还在的时候》，泽勒比在书中将禁欲和纵欲视作类似的失调现象。他想，这是一本有趣但又有些悲观的作品；在他看来，作者并没有充分表现出年轻人更有活力、比前辈更有眼光这个事实……

最终音乐停下来。泽勒比通过椅子扶手上的开关关掉唱机，睁开眼睛，看着艾伦。

“希望你不介意，”他充满歉意地说，“总觉得一旦开始播放巴赫，就得把它听完。而且，”他盯着唱机继续说，“我们还缺少应对这些新发明的道德规范。因为音乐家不在现场，他的艺术就不应该得到同样的尊重吗？那还有什么体面？——我听从你，你听从我，或是我们俩听从天才——哪怕是二手天才？没人能告诉我们答案。我们永远也不知道。

“我们似乎不善于将新奇的事物融入社会生活，对吧？上世纪末，礼教书的世界已经分崩离析，再也没有道德规范指引我们如何应对发明创造。个人主义者再也没有规则禁忌，这是对自由的另一重打击。可悲呀，对不对？”

“呃，对，”艾伦说，“我——呃……”

“不过，告诉你，”泽勒比先生继续说道，“考虑这个问题也有点儿过时。本世纪真正的成就无意与创新之间建立和谐的关系；在创新出现的时候，它只是贪婪地拥抱创新。只有遇到大麻烦，它才会意识到社会问题，这时，它不是做出让步，而是要寻找不可能存在的简单出路，要么是毁灭，要么是镇压——在原子弹问题上就是如此。”

“呃——对，我看是。我……”

泽勒比先生觉得回应得不够热情。

“人年轻的时候，”他表示理解，“不循传统、不受约束、勉强糊口的生活方式是一种浪漫。但你必须承认，这可不是管理复杂世界的方式。幸好，我们西方国家仍然秉持着伦理的骨架，但有迹象表明，这把老骨头似乎很难支撑新知识的重量，你觉得呢？”

艾伦吸了口气。想到以前与泽勒比的讨论，他决定直来直去。

“先生，说实话，我来见您是为了别的事。”他说。

当泽勒比注意到对方打断他的思绪，他习惯地欣然接受。这时他放下有关伦理框架的思考，问道：

“当然了，亲爱的朋友。肯定咯。有什么事？”

“是……跟费雷琳有关，先生。”

“费雷琳？噢，对。恐怕她去伦敦看她妈妈了，要待上几天。她明天会回来。”

“呃——她是今天回来，泽勒比先生。”

“当真？”泽勒比感叹道。他想了想。“对，你说得对。她今天来吃了晚饭。你们都在。”他兴奋地说。

“是的。”艾伦说，他决心把握机会，尽力说出想法，但郁闷地发现他精心准备的台词不见了踪影，但还是说了出来。

泽勒比耐心地聆听，直到艾伦最终磕磕绊绊地总结一句：

“先生，我希望您不反对我们正式订婚。”说到这里他稍微瞪大眼睛。

“亲爱的朋友，你高估了我的地位。费雷琳是个理智的女孩儿，到现在她和她妈妈已经对你了解得很全面，而且她们经过深思熟虑已经下定决心。”

“可是我从未见过霍尔德太太。”艾伦反驳说。

“如果你见过，你就会更了解情况。简是个出色的组织者。”泽勒比先生一边对他说，一边慈爱地看着壁炉架上的一幅照片。他站起身。

“好吧，现在你已经称职地履行了义务；那么，我也得按费雷琳的期待得体地表现。我要去拿瓶酒，你是否介意让大家准备一下？”

几分钟后，妻子、女儿和未来的女婿围到他的身边，他举起酒杯。

“让我们举杯，”泽勒比宣布，“庆祝相爱的人走到一起。的确，由教堂和国家宣布缔结婚姻，表明人们对婚姻的态度机械得令人讶异——实际上，这与诺亚的婚姻没什么分别。不过，人的灵魂十分坚韧，通常爱能够在这种粗俗的制度性支配中生存下来。因此，让我们期待——”

“爸，”费雷琳打断他，“已经过了十点，艾伦还得按时赶回营地，不然会被革职，或者受处分。你只需说一句‘祝你们白头偕老，幸福快乐’就行了。”

“哦，”泽勒比先生说，“你确定这样就行？听起来太简短了。不过，如果你觉得行，我就这么说吧，亲爱的。我衷心祝福你们。”

他原话照搬。

艾伦放下空酒杯。

“恐怕费雷琳说得对，先生。我得走了。”他说。

泽勒比同情地点点头。

“这对你来说真是够煎熬的。你还要在部队待多久？”

艾伦说他希望三个月左右复员。泽勒比又点点头。

“希望你能从军旅生涯中受益。有时我很遗憾自己没有当兵。我当时太年轻，第一次战争没有参加，第二次战争中又被牢牢拴在信息部的办公桌上。如果能从事更有激情的工作就好了。好吧，晚安，亲爱的朋友，现在已经——”他的思绪突然中断，停了下来，“天哪，我知道大家都叫你艾伦，但是我还没问你姓什么。或许我们应该问清楚。”

艾伦如实说来，然后他们再次握手。

他走到大厅时费雷琳看了一眼钟表。

“我看我得赶快。明天见，亲爱的。六点钟。晚安，亲爱的。”

两个人在门口热烈而短暂地吻别，然后他冲下台阶，朝着车道里的红色小汽车走去，发动引擎，引擎发出呼啸声。他挥了挥手，汽车后轮扬起碎石，冲了出去。

费雷琳看着尾灯逐渐模糊，最终从视线中消失。她站在原地聆听，直到发动机的呼啸声变成模糊的嗡鸣声，她才关上前门。回书房的途中，她留意到大厅的钟表显示的是十点十五分。

直到这时，十点十五分，米德威奇还没有任何异常。

艾伦的汽车驶离之后，社区又恢复宁静。总体而言，村庄度过了平淡无奇的一天，期待着另一个平淡无奇的早晨降临。

许多农舍窗户投出黄色的灯光，这灯光在夜雨后的空气中变幻出光芒。偶尔出现的聊天和欢笑声不是本地人发出的，而是几天之前、几英里外的演播室观众发出的声响，这声响化作一种背景，整个村庄的人都开始准备睡觉。许多老人和小孩已经上床睡觉，妻子们则在给暖瓶灌水。

镰刀与石头酒馆也即将打烊，最后一批顾客又待了一阵，直到大家都有了倦意，方陆续离开。到十点十五分，除了艾尔弗雷德·韦特和哈里·克兰克哈特仍然在讨论肥料的事，其他人已经回到家中。

十点十五分，牧师家里，波莉·拉什顿小姐在想，如果她提早半小时上床，此刻肯定正在享受这本摊放在她膝盖上的书，这可比听她叔叔婶婶争吵有趣得多。因为在房间的一头，休伯特·利博迪牧师正准备听三频道有关《索福克勒斯之前的俄狄浦斯情结》的学术演讲，而在另一头，多拉舅妈正在打电话。利博迪先生坚信学术追求不应该向日常琐事屈服，两次将收音机音量调高，但旋钮仍然有四十五度的旋转空间。他没有料到，在他看来女人之间琐碎的闲谈，结果却发挥了重要作用。这倒不能怪他，谁也不会料到。

电话是从伦敦的南肯辛顿打来的，克卢伊太太要征询她的密友利博迪太太的意见。到十点十六分，两个人正聊得火热。

“你说说，多拉——嗯，你给我实话实说：凯西适合白色缎面还是白色丝绸？”

利博迪太太犹豫了一下。很明显，在这件事上，“实话实说”是相对的，至少克卢伊太太这么问真有点儿欠考虑，利博迪太太心想。但她犹豫了一下，顾不上多年的朋友情谊，大胆地猜测。她准备先发制人。

“当然，对年轻的新娘来说……不过，话说回来，凯西倒不算十分年轻……”

“不怎么年轻啦……”克卢伊太太同意地说，然后等待对方继续。

利博迪太太对朋友的纠缠有些厌烦，对丈夫的广播也有些恼火，她简直没法思考和应变。

“唉，”她最后说，“当然，两种看起来都漂亮，但对凯西来说，我真的觉得——”

就在这时她的声音突然停止……

远在肯辛顿的克卢伊太太不耐烦地拨弄着电话机座，看了一眼手表。她放下电话，过了一会儿又拨通“O”。

“我要投诉，”她说，“正说到关键的地方断线了。”

总台告诉她会重新联系对方。几分钟后，对方承认线路无法接通。

“效率低下，”克卢伊太太说，“我要写信投诉。我是超时了一分钟——但就这服务，我真不该付这个钱。十点十七分准时给我掐断了。”

总台认真地做了回应，记录下准确的时间，九月二十六日二十二点十七分……

第三章
沉　睡

从当晚十点十七分开始，有关米德威奇的消息就变得十分零散。村里的电话打不通。本应经过村庄的公共汽车没有到达斯托奇村，前去寻找巴士的卡车也没有回来。特雷恩镇收到皇家空军发布的通知，雷达在米德威奇地区发现了不明飞行物，有可能进行了迫降，重申一下，不是执行任务的飞机。奥普利有村民报告说米德威奇有房屋着火，但很明显，没有人采取灭火措施。特雷恩出动了消防车——但之后没有报告火情。特雷恩警察局派出警车调查消防车的下落，结果警车也消失了踪影。奥普利村又有村民报告火情，但显然，仍然没有采取任何措施。斯托奇的戈比警官接到报警，他骑车赶往米德威奇，但也没了下落……

* * *

二十七日清晨的天空仿佛一块邋遢的破布浸泡在洗碗水中，微弱地透出一丝灰色的光线。在奥普利村和斯托奇村，公鸡正常打鸣，鸟儿欢快地鸣叫；但米德威奇的鸟儿寂静无声。

奥普利村和斯托奇村与其他地方一样，人们伸手关掉闹钟；但在米德威奇闹钟响个不停，直到能量耗尽。

在别的村庄，男人们走出家门，睡眼惺忪地向工友们打招呼；米德威奇却空无一人。

因为米德威奇已经沉睡……

整个世界开始骚动，米德威奇却仍在酣睡……村里的男人和女人呀，马牛羊呀，猪呀，鸡鸭呀，百灵鸟呀，鼹鼠呀，老鼠呀，都纹丝不动。米德威奇一片寂静，只有树叶的沙沙声，教堂的钟声，以及磨坊旁的奥普河流过拦河坝时发出的潺潺水声……

天刚蒙蒙亮，一辆橄榄绿色的货车，车身上的“邮政电话”已经模糊不清，从特雷恩出发，装载着连接米德威奇与外部世界的信件。

车在斯托奇村的公用电话亭旁停了下来，询问米德威奇是否还有生命的迹象。但这里毫无生命迹象，从二十二点十七分到现在，它一直与世隔绝。邮车再次启程，发出隆隆的声响，天渐渐亮开。

“天哪！”线路工对车夫同伴说，“天哪！就说这事儿吧，奥格尔小姐是铁定不会给皇家邮政丢脸的。”

“我也搞不懂，”司机抱怨道，“要我说，不管是白天还是晚上，电话一响这姑娘准会接听。咱们去看看吧。”他含糊地说。

车子出了斯托奇之后突然右转，在通往米德威奇的小路上颠簸了大约半小时。随后，拐弯之后，路面有情况引起了司机的注意。

他突然看到一辆消防车，一半倾斜着，左侧车轮钻进了水沟，对面一辆黑色的轿车已经冲到水沟岸上，车后面一名男子和一辆自行车有一半躺在水沟中。他猛拉手刹，想转个急S弯绕开两辆车，但避之不及，连人带车冲到狭窄的路边，颠簸着向前冲了几码，停下来的时候，车身一侧已经冲进树丛。

半小时后，这天的第一辆巴士，轻飘飘地来到这处拐弯，这辆巴士来米德威奇村接孩子们去奥普利村学校上学，因此车上还没有乘客。巴士正好钻到消防车和邮政货车中间，将道路堵了个严严实实。

在米德威奇的另一条路上——通往奥普利村的那条路——车辆也乱作一团，仿佛一夜之间，道路变成了垃圾场。而在那一边，邮车是第一辆安全停车、没有发生交通事故的车辆。

车上下来一个人，检查了一下现场的情况。他刚走到那辆公共汽车后面，便毫无征兆地昏倒在地。驾驶员张大了嘴巴，目不转睛地凝视着。尔后，从躺倒的同伴身边望去，他看到公共汽车乘客的头，大家都一动不动。他迅速倒车、掉头，朝奥普利和最近的电话亭开去。

与此同时，在斯托奇一侧，一个面包店货车司机也目睹了同样的景象，二十分钟之后，在通往米德威奇的两条路上几乎采取了同样的措施。一辆辆救护车，仿佛是机械化的加拉哈德①，蜂拥而至。救护车后门打开，身穿制服的人员走下来，他们扣上束腰外衣的扣子，小心翼翼地掐灭抽了一半的香烟。他们专业而自信地检查了一下灾难现场，展开担架，准备行动。

在通往奥普利的那条路上，两名领头抬担架的工作人员走近邮递员，但当打头的人员走到与邮递员身体一齐时，他突然瘫倒在救援对象的腿边。后方的人员瞪大了眼睛。从身后的窃窃私语中，他听到了“毒气”一词。他扔下担架，好像担架把手会烫手似的，迅速撤了回来。

他们停下来商量了一阵。这时救护车司机摇着头。“这个我们应付不了，”他说，像是想到了工会达成的决议一般，“我看这事儿得找消防。”

“恐怕得找军队，”抬担架的人说，“需要防毒面罩，这里用防烟面罩可不行。”

---

① 加拉哈德是亚瑟王传说中的圆桌骑士之一，他秉性纯洁，独自一人找到了圣杯。

第四章
行　动

我和珍妮特靠近特雷恩时，艾伦·休斯中尉和消防队长诺里斯正肩并肩站在奥普利路上。他们注视着一名消防员用长拄钩钩倒下的救护车工作人员。不一会儿钩子钩住他，开始往回拉。他的身体在碎石和沥青路面上被拖了一码[①]半——对方突然坐了起来，开始咒骂。

对艾伦来说，没有什么声音比这咒骂声更加悦耳。不管是什么造成危害，当艾伦发现受害者躺倒的时候仍然有呼吸时，他刚抵达现场时的焦虑有所缓和。此刻至少可以明确，其中一人昏厥九十分钟之后，身体并没有受到显而

① 长度单位。1 码等于 0.9144 米。

易见的伤害。

“好，”艾伦说，“如果他没事，其他人应该也没事——不过事故原因还有待查明。”

下一个被钩住并拖回来的人是邮递员。他比救生员晕倒的时间稍长，但也立刻恢复如初。

“这条界线十分分明——而且静止不动，”艾伦说，“谁听说过静止不动的毒气——现在可是刮着微风呀？真是不可思议。”

“也不可能是地面上蒸发的雾滴，”消防队长说，“大家像是被锤子击倒了一样。我从没听说过这种雾滴，你呢？”

艾伦摇摇头。“而且，”他同意道，“挥发性物质到现在早就该消失了。再说了，它也不可能昨天晚上挥发，侵袭公共汽车和别的车辆。公共汽车应该是昨晚十点二十五分到达米德威奇——在这之前几分钟我还开车经过这段路。当时这里还没有任何异常。实际上，这辆车肯定是我遇到的开往奥普利的那辆。”

“不知道影响范围有多大？”消防队长沉思道，“肯定很大，否则我们会看到有人朝这边过来。”

他们继续困惑地盯着米德威奇。在车的后方，道路继续向前延伸，敞亮的路面整洁干净，毫无危险，一直延伸到下一处拐弯。除了由于长时间没有下雨而略显干燥之外，这条路与别的道路没有什么区别。这时云开雾散，可以看到米德威奇村教堂的塔楼从树梢中探出头来。如果不考虑近景的话，眼前的景色毫无神秘可言。

在艾伦手下的帮助下，消防员继续把近处的人往回拖。他们似乎没有受到伤害。每个人醒来之后都警觉地坐起来，声称自己不需要救生员帮忙。

接下来的工作是清理一辆翻覆在道路中间的拖拉机，这样才能将其他车辆和被困人员救出来。

艾伦让手下的中士和消防队长负责指挥，然后翻过一道栅栏。田间小路尽头有一座小山丘，可以更好地观察米德威奇的地形。他看到几幢屋顶，包括凯尔庄园、农庄屋顶，以及修道院的断壁残垣，还有两缕灰烟升起。但更远的地方，他看到四只羊躺在田间一动不动。这一幕令他感到不安，倒不是担心羊会受到什么伤害，而是受到影响的范围比他预想的大得多。他打量着远处的动物和风景，发现远处还躺倒了两头牛。他盯着牛看了一两分钟，确定它们没有动弹，才若有所思地转身回到路上。

"德克尔中士。"他喊道。

中士走过来，敬了个礼。

"中士，"艾伦说，"你去给我弄一只金丝雀来，当然咯，要装在笼子里。"

中士眨了眨眼睛。

"啊，长官，金丝雀？"他不安地问。

"嗯，虎皮鹦鹉也行。奥普利肯定有。你可以开上吉普车。告诉鸟的主人，如果需要，我们可以补偿他。"

"我……呃……"

"去吧，中士。越快越好。"

“是，长官，呃——金丝雀。”中士有些质疑。

“没错。”艾伦回答说。

* * *

我意识到我的脸被贴着地面拖行。感觉很奇怪。刚才我还在朝着珍妮特奔跑，霎时间，我……拖行停了下来。我坐起身，身边围满了人。一个消防员正从我的衣服上解下杀人钩子似的东西。圣约翰医院的一名救护员正用职业的充满希望的眼光打量着我。一个年轻的士兵提着一桶石灰，一个士兵拿着一张地图，另一名年轻的下士拿着一根长竿，竿子一端挑着一只鸟笼。还有一名无拘无束的军官。除了这略显虚幻的场景之外，还有珍妮特，仍然躺在她摔倒的地方，我站起身，消防员解开钩子之后，又将钩子向她伸过去，钩住了她的雨衣腰带。他开始拉，当然，腰带断了，于是他又把钩子伸过去，勾着她朝我们翻滚过来。翻了两圈之后，她坐起来，一副心烦意乱、怒气冲冲的表情。

“感觉怎么样，盖福德太太？”一个声音从我身后问道。

我转过身，认出了艾伦·休斯军官，我们之前在泽勒比家见过几面。

“噢，”我说，“这里出了什么事？”

这时他没有理会我，而是扶着珍妮特站起身。然后朝下士转过身。

“我最好回到路上去。你们继续试，下士。”

“是，长官。”下士回答说。他把竿子放下来，竿子一端悬着鸟笼，将竿子向前推。笼子里的鸟儿从栖木上落下来，倒在笼子底面的沙子上。下士将笼子收回来。鸟儿略带愤怒地叫了一声，又跳到栖木上。在一旁观察的士兵提着桶子走上前去，在草地上涂了一些灰浆，另一名士兵则在地图上做了标记。然后，这群人又往前走了十几码，重复这一系列动作。

这时，珍妮特也询问发生了什么事儿。艾伦尽力向她解释，然后说：

“按目前的情况，绝对不能进村。你们最好去特雷恩，等一切恢复正常。”

我们看着下士那群人，正好看到笼子中的鸟儿再一次倒下，然后穿过田野朝米德威奇走去。经过这番遭遇之后，我们别无选择。珍妮特点点头。我们谢过年轻的休斯，然后朝汽车走去。

在老鹰旅馆珍妮特要我订一个房间过夜，以防万一……我们上楼休息。然后我去了酒吧。

时值中午，但酒吧里的客人出奇地多，几乎都是陌生人。人们三三两两地聊天；只有少数几个人在若有所思地独自小酌。我费了好大劲才挤到吧台，正当我端着饮料准备挤回去的时候，有人在我身边喊道：

“嗨，你在这里干什么，理查德？”

这声音听起来很熟，我转身看到一张脸，顿了一两秒才认出来——一是因为岁月沧桑，对方的脸已经变样；二是因为他的军帽已经换成了花呢帽。但是我认出了他，我十分惊喜。

“亲爱的伯纳德！”我惊叫出来，“太好了！过来吧！”我抓住他的胳膊，把他拽到大厅里。

一看到他，我又想起年轻的时候，想起海滩战役、阿登战役、芮斯华森林之战和莱茵河战役。真高兴见到他。我喊侍者再拿些酒来。过了大约半个小时，激动的心情才平复下来，这时他小心翼翼地看着我，提醒我说：

“你还没有回答我一开始的问题，我从没想到你会参与这件事。”

“什么事？”我问。

他朝着酒吧的方向轻轻抬起头。

“新闻报道呀。”他解释道。

“噢，这个呀！我有什么好插手的？”

他的一边眉毛沉了下来。

“没有参与，那你在这里干什么？”

“我就住在这里。”我告诉他。

这时珍妮特来到大厅，我做了介绍。

“亲爱的珍妮特，这是伯纳德·韦斯科特。我们当兵那会儿他是上尉，不过我知道他后来升了少校，现在是……”

“上校。”伯纳德一边说，一边热情地向珍妮特打招呼。

“真高兴，”珍妮特说，“我已经久仰大名啦。我可不是拍你马屁哦，真是这样。”

她邀请伯纳德跟我们一起吃午饭，但他说有事在身，而且已经误了时间。听他的口气，应该是真的，因此珍妮特说：

“那一起吃晚饭呢？到家里吃，如果我们能回家的话，如果回不去就在这里吃？”

“家里？”伯纳德问。

“我们住在米德威奇，”她解释说，“离这儿大概八英里。”

伯纳德的表情略微有些变化。

“你们住在米德威奇？”他一边问，一边看着我和珍妮特，“你们在那儿住了很久吗？”

“差不多有一年了，”我告诉他，“我们本来应该在村里，但是……”我解释了一下我们为什么会流浪到老鹰旅馆。

听完我的话，他沉思片刻，然后做了决定。他转向珍妮特说：

“盖福德太太，请你原谅，带你丈夫跟我一起过去没事吧？我来这儿正是为了米德威奇的事。我想如果他愿意，可以帮我们的忙。”

“你是说，查明事故原因？”珍妮特问。

“对——算是跟这个有关吧。你看呢？”他问我。

“如果能帮忙，我当然乐意效劳。不过我不知道……我们指的是谁？”我问。

“一边走一边解释吧，”他告诉我，“我一个小时之前就应该到场了。盖福德太太，如果不是要事，我也不会就这么把他带走。你一个人留在这里没问题吧？”

珍妮特说老鹰旅馆很安全，于是我们站起身。

“只有一件事，”我们出发之前他说，“别让酒吧里的这些家伙纠缠你。如果他们烦你，就让他们滚蛋。他们都知道他们的编辑不能碰米德威奇的新闻，所以他们都有点儿烦躁。一个字都别说。事后我再跟你解释。”

“好吧。兴奋归兴奋，但什么都不会说。放心吧。”我们离开时珍妮特答应道。

* * *

奥普利路上靠近事发区域已经建立了指挥中心。伯纳德向警戒人员出示了一张通行证，执勤民警向他行了个礼，我们便畅通无阻。一名年轻的三颗星军官怅然若失地坐在帐篷里，看到我们进来，他马上高兴起来。由于拉切尔上校出去视察，他负责向我们汇报情况。

看来，笼子里的鸟儿完成了使命，已经送还不太热心公益的主人。

“英国防止虐待动物协会可能会提出抗议，如果鸟儿出了问题，他们甚至会提出索赔，”这名上尉说，“但结果已经出来。”他拿出一大张地图，上面画了直径约两英里的圆圈，米德威奇教堂处于圆圈中心略偏东南的位置。

“就是这样，”他解释说，“目前来看，受影响区域是圆形，不是条形。我们在奥普利教堂塔楼上设置了观察哨，但是没有观察到任何动静——酒馆外有几个家伙躺在路上，也没有动静。至于事故原因，目前尚不清楚。”

“我们已经明确，这东西静止不动，无形、无味，雷达无法识别，也没有回声，至少对哺乳动物、鸟类、爬行动物和昆虫会发生立竿见影的作用；很明显，没有造成后果，至少没有造成直接影响，当然，公共汽车上的乘客和在车内待了一段时间的人员由于挨冻感觉身体有些僵硬。但目前的发现仅限于此。说句实话，对于事件的性质我们毫无头绪。”

伯纳德问了几个问题，这些问题又引出了更多的问题，然后我们出去找拉切尔上校。过了一会儿，我们发现他和一位老人在一起，这人是温郡的警察局长。他们两个站在一个小山坡上视察地形，乍一看就像一幅十八世纪的版画，画的是将军们在察看一场并不顺利的战斗。不过这里并没有战斗。上校目不转睛地盯着他。

“啊，”他说，“你就是在电话里告诉我这件事必须保密的那位。”

伯纳德还来不及回答，警察局长开口了：

“保密！保密。两英里大的圆圈，你让我们保密！”

“这是命令，”伯纳德说，“安全……”

“不知道这些家伙是怎么想的——”

拉切尔上校打断了他的话。

“我们尽最大努力掩饰，假装是在进行战术演习。这么说有点儿勉强，但至少有个说辞。总得找个说辞吧。问题是，我们自己的招数可能出了问题。现在有这么多该死的秘密，底下的人什么都不知道。不知道敌人手里有什么；甚至不知道自己该使用什么。都被这些幕后的科学家整乱了。被蒙在鼓里，就没法应对。再这么下去，当兵打仗全变成一堆科技玩意儿。”

“新闻部门已经在关注，”警察局长抱怨说，“我们拦住了一些人。但你了解他们。他们会钻墙打洞，鼻子削尖了往里钻，得花费力气才能拉得出来。怎么能让他们保密？”

“至少你不用太担心这个，”伯纳德告诉他，“内政部已经给出建议。他们愤愤不平。但是我想他们会保密。关键要看值不值得惹这个麻烦。”

“嗯，”上校看着令人昏昏欲睡的景象说道，“我觉得从新闻报纸的角度说，这关键要看睡美人会引起轰动，还是令人厌烦。”

* * *

接下来的一两个小时里，各色各样的人不断出现，他们显然来自不同的部门，代表不同的利益，既有文官部门，也有军方。奥普利路上搭起一顶更大的帐篷，十六点三十分在帐篷内开了场会。拉切尔上校首先分析了形势。会议没有持续多久。他正要结束的时候，一名空军上校走了进来。他恶狠狠地进来，把一张大照片甩在上校面前的桌子上。

“你们都在这儿啊，先生们，”他冷冷地说，“为了拍这张照片，我们损失了两名优秀的飞行员和一架飞机，另一架也险些遭殃。真希望这张照片拍得值得。”

我们围拢过去查看照片，将照片与地图加以对比。

“那是什么？”一名负责情报的少校指着问道。

他指着一个苍白的椭圆形轮廓。从阴影来看，形状倒是有些像翻过来的汤勺。警察局长弯下腰仔细打量。

“不知道，”他说，“看起来像一种特殊的建筑——但不可能呀。不到一个星期之前我还去过修道院遗址，当时那里什么都没有；再说了，那是英国遗产协会的财产。他们从来不会建造东西，他们只会做些支撑。”

另一个人看了照片，又看看地图，然后再看看照片。

“不管这是什么东西，从数学上看它正好处在问题的中心，”他说，“如果几天前这里还没有东西，肯定是有东西降落在这里。”

“要么是个麦垛，上面的遮盖褪了色。”有人说。

警察局长哼了一声。“看这规模，还有形状，少说有一打麦垛那么大。”

“那这到底是什么鬼东西？”少校问道。

我们一个接一个拿放大镜仔细观察。

“你们就不能拍张低空照片吗？”少校建议说。

“我们就是这么做才坠机的。”空军上校简慢地说。

“这东西——受影响的区域有多大？”有人问。

空军上校耸耸肩。“你可以飞进去探探……这张，”他拍着照片说，“是从一万英尺[①]拍的。机组人员在这个高度没有受到影响。”

拉切尔上校清了清嗓子。

“我的两名军官认为受影响区域可能是半球形的。”他说。

“有可能，”空军上校表示同意，“也有可能是菱形或者十二面体。”

---

① 长度单位。1英尺等于0.3048米。

“我猜，”上校温和地说，“他们观察到鸟儿飞进这个范围；盯着它们受到影响的范围。他们表示，已经确定该区域的边界不像垂直的墙壁一样——肯定不是圆柱体。边缘略微收缩。据此，要么是圆顶，要么是圆锥顶。他们说，现有证据更倾向于半球形，但弧度太大，他们研究的范围太小，还无法确定。”

“嗯，这是这段时间以来我们的第一个收获。”空军上校说。他又思忖道：“如果真是半球形，那么中心的高度应该在五千英尺左右。我想，如果担心损失飞机，肯定没有什么办法确定吧？”

“说实话，”拉切尔上校有些犹豫地说，“有人倒是提出了一个办法。他建议，或许可以通过直升机，用几百英尺长的绳子吊着金丝雀鸟笼，缓慢降低高度——嗨，我知道这个建议听起来有点儿……”

“不，”空军上校说，“这是个办法。听起来和封锁周边那个人的想法很像。”

“是的。”拉切尔上校点点头。

“在鸟类战方面，他倒是独树一帜，”空军上校评论道，“或许我们可以将金丝雀计划改进一下，但这个主意很好。今天太晚了，明天一早我们就付诸实施，从最低安全高度拍摄照片，这个高度有侧光。”

负责情报的少校打破了沉默。

“或许是炸弹吧，”他若有所思地说，“或许是核弹。”

“炸弹？”空军上校扬起眉毛。

“一些简便易用的炸弹，不会造成什么损伤。谁知道这些俄国人在捣鼓什么。不管怎么样，最好给它来一炮，防止它逃跑。把它炸掉，然后好好研究研究。”

“现在看来有点儿极端，”警察局长说，“我的意思是说，如果可能的话，抓个完整的不是更好吗？”

“说得对，”少校同意地说，“但是到目前为止，我们还在任由它为所欲为，这玩意儿让我们寸步难行。”

“我觉得它的目标不是米德威奇，”另一位军官插话说，“我想它只是紧急降落，一边在维修，一边通过屏蔽自我保护。”

“这里是农庄……”有人试探地说。

“不管怎么样，我们越快得到授权摧毁它就越好，”少校说，“无论如何，它不应该出现在我们的领土上。当然，问题的关键是，它不能离开。很有趣，除了这东西自身，这种屏蔽效应非常有用。我建议采取必要措施保护它；尽可能保持它的完整；但逼不得已可以破坏它。”

大家七嘴八舌地讨论，但大家得到的指示只是观察和报告，因此没有达成什么共识。我记得唯一的决议就是每小时发射一次伞式照明弹以便观察，直升机在早上要尽可能获取更有价值的照片；除此之外，会议结束时没有形成任何决议。

我不明白我为何会受邀参会——或者说，伯纳德为何会出现在这里，因为他在会上一言未发。我们开车返回时，我问他：

“我能不能问一下你怎么会参与这件事？”

“没问题。这是我的职业兴趣使然。”

“因为农庄吗？”我问。

“对。农庄是我的职责范围，当然，农庄附近发生的任何事我们都感兴趣。这东西离农庄很近，是吧？”

从他在会前的自我介绍可以听出来，所谓的“我们”要么是军事情报处，要么是情报处的下属部门。

“我猜，”我说，“这个特别部门正在追踪这类事件。”

“有很多方面。”他含糊地说，然后转移了话题。

我们在老鹰旅馆给他订了房间，然后三个人一起吃晚餐。我本来希望他会履行“稍后解释”的承诺，但是尽管我们谈论了许多事情，包括米德威奇，很明显他避而不谈对米德威奇的职业兴趣。除此之外，我们当晚过得十分开心，我在想，人们很容易让有些人从我们的生活中淡出。

晚上，我打了两次电话给特雷恩警察局，询问米德威奇的情况有没有进展，两次他们都回答说情况没有变化。打了第二次之后，我们觉得没必要继续等待，喝了最后一轮之后，我们准备休息。

“真是个好人，”我们关上门的时候珍妮特说，“我还担心老战友见面聊天对妻子们来说很难熬，但他可不是这样。下午他为什么带你一起？”

“我也正纳闷呢，”我承认说，“他似乎有些疑虑，一谈到关键的地方，他就有所提防。”

“那真是怪事，”珍妮特说，仿佛她才回过神来，“到底是怎么回事他一点儿也没说吗？”

“不光他没说，别人也都没说，”我向她保证，“他们知道的，我们都知道——不知道什么时候发动的袭击，也不知道是不是袭击。”

“至少有一点让人欣慰的地方。希望村里人受到的伤害不要比我们严重。”她说。

* * *

二十八日早上，我们还在被窝里的时候，一名我见过的军官宣布晨雾即将消散，两名飞行员登上一架直升机。一只装有两只雪貂的铁丝笼子交到他们手中，雪貂活蹦乱跳，但有些疑惑。这时，直升机起飞，嗡嗡地向上爬升。

“他们觉得，”飞行员说，“六千英尺绝对安全，那我们先从七千英尺开始试验吧。如果没问题，再缓慢下降。”

“好的。可以开始下降，我们在七千英尺开始试验。”

笼子从舱门放了下去。观察员释放了三百英尺长的绳子。飞机开始盘旋，飞行员通知地面，他要向米德威奇进行一次试飞。观察员躺在机舱地面上，透过眼镜观察雪貂。

目前一切正常，直升机不停地攀升旋转。他把眼镜取下来，面对前方的村庄说：

“喂，机长。”

“嗯？”

“我们得拍一下那个东西，修道院旁边。”

“什么东西？”

“嗯，要么是幻景，要么它已经消失了。”观察员说。

第五章
恢　复

几乎在观察员有所发现的同时，斯托奇通往米德威奇路上的警戒哨正在进行例行检查。执勤的中士朝路上标记的警戒线里扔了一块糖，看着领头的狗跑了过去。只见它叼起糖，吞了下去。

中士仔细地观察了一会儿，走到警戒线旁。他稍作犹豫，跨了过去。什么都没有发生。这下他来了劲，又向前走了几步。六只白嘴鸦一边叫着一边从他头顶飞过。他看着鸟群朝米德威奇安然飞去。

“嗨，有情况，”他喊道，“报告奥普利指挥中心。受影响区域缩小了，应该是安全了。我们会进一步测试确认。”

＊＊＊

几分钟前，在凯尔庄园里，戈登·泽勒比艰难地扭动身体，发出近似呻吟的声音。不一会儿，他意识到自己躺在地板上；还有，刚才屋里灯火通明，暖意融融，甚至有点儿热，但现在屋里又冷又暗。

他打了个寒颤。他从没感到如此寒冷。寒意侵入骨髓，每一块肌肉都疼痛不已。黑暗之中传来有人走动的声音。费雷琳用颤抖的声音说：

"怎么了……爸爸……安吉拉……你们在哪儿？"

泽勒比动了动疼痛而僵硬的下巴说：

"我在这儿，快冻僵了。安吉拉，亲爱的……"

"我在这儿，戈登。"她的声音也在颤抖，就在他身旁。

他伸出一只手，手碰到了什么东西，但他的手指已经麻木，分辨不出所以。

房间内传来了动静。

"天哪，啊！噢，亲爱的！"费雷琳抱怨说，"啊——呀——啊！我的腿都麻了。"她停了一阵，"是什么在咔嗒咔嗒响？"

"我的牙——恐怕是……"泽勒比吃力地说。

又是一阵骚动，接着是磕磕绊绊的声音。随后窗帘哗啦一声，房间里露出一丝灰色的光线。

泽勒比朝炉栅看去。他的脸上露出难以置信的表情。刚才他还添了一根木头，现在炉内却只剩下些许灰烬。安吉拉在离他一码远的地方坐起身，费雷琳在窗户边，两人都朝炉栅看过来。

“这到底是……”费雷琳问。

“香、香槟？”泽勒比说。

“噢，真是的，爸爸……”

泽勒比浑身每一处关节都在疼痛，他忍着痛站起来。但身上实在痛得厉害，他在原地待了一会儿。费雷琳跌跌撞撞地走到壁炉边。她伸手去够壁炉，站在那里浑身颤抖。

“我看火熄了。”她说。

她试着从椅子上拿《泰晤士报》，但手指太僵硬，拿不起来。她痛苦地看着报纸，用生硬的手把它揉碎，塞进炉栅。她还用双手从篮子里夹起一些小木片，扔在纸上。

拿火柴的遭遇格外令人沮丧，她差点落下泪来。

“我的手指动不了。”她惨兮兮地哭了。

她费力地扯碎火柴，火柴在炉边散落一地。她拿火柴盒在火柴上蹭了一下，成功地点燃一根，这一根又点燃了另一根。他把火柴推到露出炉栅的报纸旁边。不一会儿，报纸也燃烧起来，火焰像美丽的花朵一样绽放。

安吉拉站起身，拖着僵硬的身体走过来。泽勒比则手脚并用爬了过来。木头开始发出爆裂声。他们伏在火旁，贪婪地享受着热浪。他们伸出的手指由僵硬变得刺痛。过了一会儿，泽勒比家逐渐复苏。

“奇怪，”他说，他的牙齿似乎还在咯咯响，“奇怪，我活了这么大年纪，才头一回发现这么需要火。”

在奥普利和斯托奇路上，发动机陆续轰鸣起来。不一会儿，两列救护车、消防车、警车、吉普车和军队卡车开始朝米德威奇汇拢。它们在绿地集结。民用运输车停了下来，车上的人纷纷下车。军用卡车大部分开往希克姆巷，修道院就在那里。除了民用车辆和军车，有一辆红色的小汽车冲上凯尔庄园的车道，停在前门的碎石沟里。

艾伦·休斯冲进泽勒比的书房，将费雷琳从火堆旁拉出来，紧紧地抱住她。

"亲爱的！"他一边呼喊，一遍喘着粗气，"亲爱的，你怎么样？"

"亲爱的！"费雷琳答道，仿佛这就是回答。

戈登·泽勒比善解人意地停顿了一下，然后说道：

"我们也都没事，只是有些受惊了。而且冻得慌。你看……"

艾伦似乎这时才意识到他们的存在。

"那……"他刚开口，灯亮了，他就打住了。"太好了，噢，"他说，"马上就能喝上热饮。"说完就拖着费雷琳走了。

"马上就能喝上热饮，"泽勒比喃喃地说，"简简单单一句话简直像音乐一样动听！"

* * *

因此，当我们在八英里外坐下来吃早餐时，我们得到的消息是，韦斯科特上校几个小时前就已经出发；米德威奇又像往常一样苏醒过来。

第六章
平　息

斯托奇路上仍然设有警戒哨，但身为米德威奇村民，我们得以迅速通过，路边的情形与平时几乎一样，我们在抵达住房之前没有受到阻拦。

我们不止一次猜想眼前会呈现出何种情景，但实际上并没有什么值得警觉。房子完好无损，跟走的时候一样。我们就像昨天计划的一样，进屋安顿下来，除了冰箱里的牛奶由于停电坏掉之外，生活并没有什么不便。实际上，回来不到半个小时，昨天发生的一切就开始显得非常虚幻。当我们出去和邻居们交谈时，发现对于那些真正参与其中的人来说，这种虚幻的感觉更加明显。

这也不足为奇，就像泽勒比先生说的一样，他们对这件事的了解只限于一点：他们有一天晚上没有上床睡觉，第二天早上醒来感觉非常寒冷；剩余的不过都是传闻。人们只得相信他们在此期间错过了一天，因为别人都这么说，他们不可能弄错。但对他自己来说，这倒不是什么有趣的经历，毕竟，只有在有意识的前提下人才能觉得有趣。因此，泽勒比建议忽略这件事，尽量忘记他被骗走了一天这件事，这一天感觉过得实在是太快了。

短时间内，这种置若罔闻的态度显得出奇地容易，因为即使没有《国家机密法案》的保护，此时此刻这件事能否通过报纸引起轰动还令人怀疑。它就像一道菜，虽然香味扑鼻，但缺乏食材。这起事故共造成十一人丧命，或许可以在这方面做些文章，但这些死亡也缺乏相应的细节，不足以引起读者的兴味。幸存者们的故事平淡无奇，他们能告诉你的，只有醒来时感到寒冷彻骨。

因此，我们就这样评估损失、包扎伤口、调整心态，用令人意外的保密态度对待这段后来被称作“迷失日”的经历。

在十一名死亡人员中，有农户威廉·特伦克先生、他的妻子和小儿子，三个人在房屋大火中丧生。一对名叫斯塔格菲尔德的老年夫妇在另一起房屋火灾中丧生。另一个农户赫伯特·弗拉格被人发现冻死在哈里曼太太的屋子旁边，当时她丈夫正在面包房里上班。奥普利村教堂观察哨工作人员看到躺在镰刀与石头酒馆前的两个人之一哈里·克兰克哈特被冻死。另外四个都是老年人，染上了肺炎，磺胺类药物和抗生素都没能挽救他们的生命。

接下来的星期天，参加教堂礼拜仪式的人出奇地多，利博迪先生代表大家做了一次感恩节布道。随着布道和他主持的最后一场葬礼结束，整个事件愈发显得如梦似幻。

诚然，在大约一个星期的时间里，有些士兵在附近活动，还有乘公务汽车的人员来来往往。但是，人们关注的焦点并不在村里，因此没有引起多大注意。最引人注目的地方在修道院遗址附近，那里设立了守卫，保护地面上的一处凹痕，显然有什么巨大的物件在这里停留过。工程师们进行了测量和绘图并拍摄了照片。各行各业的技术人员带着地雷探测器、盖格计数器和各式精密设备来回探测。然后，突然之间，军方失去了兴趣，黯然撤退。

对农庄的调查持续的时间更长，伯纳德·韦斯科特也在其中。他顺道来看了我们几次，但只字不提发生了什么事，对此我们也没有细究。我们并不比其他村民知道的更多——农庄正在进行安全检查。直到调查结束的那天晚上，在他宣布第二天要回伦敦之后，他才谈起“迷失日”的情况和结果。谈话停了一会儿之后，他说：

“我有个提议跟你们两个说，不知道你们想不想听。”

“说来听听。”我说。

“总的来说是这样：我们觉得很有必要关注村庄一段时间，跟踪一下后续情况。我们可以安排自己人帮助我们了解情况，但这么做有些不妥。一方面，这个人得从头开始，一个陌生人要想掌握村里的情况得费些时间；另一方面，目前我们也不一定能抽出精干人手到这里来做全职工作——如果不是全职，我们又怀疑达不到效果。或者，如果我们能找到一个既可靠又了解村里情况的人，协助我们掌握村里的情况，那就最好不过。你们觉得呢？”

我沉思了片刻。

“乍一听，倒不见得，”我说，“我看，这取决于要做什么。”我看了一眼珍妮特，她有点儿冷淡地说：

“听起来你是想让我们去监视朋友和邻居。我看你最好找专业间谍。”

“这里，”我支持珍妮特的意见，“是我们的家呀！”

他点点头，似乎已经料到我们会这么说。

“你们觉得自己是这个社区的一分子？”他问。

“我们要成为一分子，而且，我看我们已经开始成为一分子了。”我说。

他又点点头。“很好——至少，你们开始觉得对社区负有义务。这正是我们需要的。就是需要关心社区福祉的人。”

“我不明白。多少世纪以来，没有人关心社区福祉，这里也过得很太平……或者，至少可以说，村民们自食其力过得很好。”

“是，没错，”他承认，“但时过境迁。现在，它需要，而且正在得到外部保护。依我看，要想提供外部保护，在很大程度上要看是否掌握村里的情况。”

“什么样的外部保护？提防的是谁？”

“目前来说，主要是提防那些爱管闲事的人，”他说，“亲爱的朋友，你以为报纸上没有出现‘迷失日’的消息是偶然的吗？屏障消失之后没有一大堆记者冲进村里把每个人的生活都挖个底朝天是偶然的吗？”

“当然不是，”我说，“我自然知道这是为了安全考虑——你自己也对我说过——对此我并不惊讶。我不知道农庄里发生了什么，可我知道那里非常安静。”

“不只有农庄陷入沉睡，”他指出，“方圆一英里内一切都被催眠了。”

“但是包括农庄。农庄肯定是焦点。不管是什么影响，很有可能影响的范围不止这么大——或者有人，不管他们是谁，以为这么大的空间比较安全。”

“村民们是这么想的吗？”他问。

“多数人这么想——也有一些出入。”

“这就是我想知道的事情。大家都觉得是农庄造成的，对吧？”

“当然啦。在米德威奇还能有什么别的原因？”

“好吧，如果我告诉你，我有理由相信这跟农庄无关呢。如果我告诉你，我们开展的详细调查只证明了这一点呢？”

“可是那样的话，整件事就说不通。”我反驳说。

“当然说不通——不是任何事故都说不通。”

“事故？你是说迫降？”

伯纳德耸耸肩，说：“这我无可奉告。可能农庄碰巧处在降落的地方。但我的意思是：村里几乎每一位村民都被卷入神秘事件。现在，你和村民们都以为这件事就此结束了，是吗？”

我和珍妮特都盯着他。

“对呀，”她说，“这东西来了，然后又走了，不然还能怎样？”

“它就这么来了，什么也不干，就这么走了，对什么东西都没有影响？”

“我不知道。没有可见的影响——除了伤亡之外，他们也不可能发现别的。”珍妮特说。

“没有可见的影响，”他重复说道，“今天来看，这么说等于没说，对吧？比方说，你可能受到严重的X光、伽马射线或者别的辐射，短时间内不会产生影响。当然，你们不必担心，这么说只是假设。如果有这些问题，我们肯定已经发现了。但是有些东西我们还发现不了。我们还不了解能够诱导——暂且称作人工催眠吧。现在，这是极不寻常的现象——我们无法解释，也没有引起警觉。你们是不是真的信以为真，这么匪夷所思的事情就这么发生，然后突然停止，不产生任何影响吗？有这种可能，当然，有可能它的影响不比一片阿司匹林大。不过，总该留心观察一下情况是不是这样吧？”

珍妮特的立场有所放松。

“你的意思是，你想让我们替你做这件事。观察并记录一切影响？”

“我想要的是有关米德威奇总体情况的可靠信息来源。我想时刻掌握这里的情况，一旦有必要采取措施，我会比较了解这里的情况，从而及时出手。”

“你倒是说得像是为了这里好。”珍妮特说。

“实际就是这么回事。我需要有关米德威奇村民身体、精神、士气的定期报告，这样我就能时刻监护。不存在监控的问题。我这么做都是为了在必要的时候，采取措施保护米德威奇。”

珍妮特盯着他看了一阵。

“你觉得这里会发生什么，伯纳德？”她问。

“我要是知道的话，还会这么要求你们吗？”他反问道，“我只是采取预防措施。我们不知道这东西是什么，也不知道它要做什么。我们不能无凭无据地下隔离令。但是我们可以监控证据。至少，你们可以这么做。你们到底怎么说？”

“我不确定，”我说，“让我们考虑一两天，然后告诉你吧。”

“很好。”他说。我们又聊了些别的话题。

接下来的几天，我和珍妮特反复商讨这件事。她的态度出现了一百八十度的转弯。

“他心里肯定有鬼，我敢肯定，”她说，“但到底是什么呢？”

我不知道。她又问：

“他不是要我们去监视特定的人，对吧？”

我说不是。她又问：

“从根本上说，这和卫生官员的工作没什么区别，对吧？”

我想，没什么区别。她又问：

“如果我们不帮他，他肯定还会找别人来做。我不知道他在村里还能找谁。如果他找个外人来，那也不好，而且也没有效率，对吧？”

我想是的。

因此，考虑到邮局里奥格尔小姐的战略态势，我没有打电话，而是写信给伯纳德，告诉他我们愿意合作，但他得答应我们一两个具体要求。他回信说下次我们去伦敦的时候他会安排会面。从回信看这事并不急，他只请我们留心观察。

我们的确在留心观察。但没有发现什么异常。“迷失口”过后两周内，米德威奇平静的生活只泛起些细小的涟漪。

少数村民认为，村子本来可以在报纸上引起全国关注，但安全部门剥夺了这种机会，这部分人已经消停下来。剩下的人则感到庆幸，他们的生活并没有受到太多干扰。村民对农庄的看法也分成了两派。一派认为这起事件肯定与农庄存在某种联系，如果不是农庄在从事神秘活动，米德威奇肯定不会出现这种现象。另一派则将这件事视作祥瑞之兆。

大英帝国勋章获得者、站长阿瑟·克里姆先生是泽勒比房屋的租户。有一天，泽勒比碰到他时，向他表达了大多数人的观点，那就是村民们应该感谢研究人员。

“如果不是因为你们和相关的安全考虑，”他说，“我们肯定还会面对各种各样的访问，比‘迷失日’发生的事情还要糟糕。我们的隐私会遭到曝光，我们脆弱的感情会被三位现代复仇女神——印刷文字、录音和图像——摧残殆尽。因此，尽管给你们带来了不便，我敢肯定有诸多不便，但你们至少应该接受我们的感激，总的来说米德威奇的生活方式得到了完好的保存。”

波莉·拉什顿小姐几乎是村里唯一的游客，她结束了在舅舅舅妈家的假期回到伦敦的家中。艾伦·休斯恶心地发现，他不仅被莫名其妙地派驻苏格兰北部，而且复员时间比他预想得晚了好几个星期，他大部分时间都在军团的档案室讨论文件，剩下的时间，看来大都用来与泽勒比小姐通信。面包店老板的妻子哈里曼太太绞尽脑汁想出各种不太令人信服的说辞，来解释为何赫伯特·弗拉格的尸体会出现在她屋前的花园中。之后，她在丈夫的痛打中躲了起来，开始诉说和谣传丈夫的过去。其他人则过着一如往昔的生活。

因此，三个星期后，这件事几乎成为过去。甚至因这次事件产生的新墓碑——或者至少有一半的墓碑——也被视作自然而然的事情。新寡的克兰哈特太太恢复得很好，她既没有过分沮丧，也没有变得冷酷。

实际上，在长达千年的沉睡之中，米德威奇只是颤动了第三下或第四下——或许很奇怪，但很轻微。

* * *

此时我遇到一个技术问题，此前我已经解释过，这不是我的故事，这是米德威奇村的故事。如果按照我得到消息的顺序来写作，那我就会在叙述时来回穿梭，导致各种事件杂乱无章，甚至因果倒置，令人费解。因此，我有必要重新组织安排，忽略自己获取信息的日期和时间，将它们按照其发生的时间顺序组织排列。如果这么做导致令人费解或者令人不安的跨越，读者务必要相信这是作者事后领悟的结果。

例如，不是当时的观察，而是后来的调查显示，在村子表面上恢复正常之后不久，总体平静的水面上开始出现局部的细小旋涡，当时这种不安还是个别情况，鲜为人知。这件事大概发生在十一月下旬，抑或是十二月初——或许在有些地方时间更早一些。大概是在费雷琳·泽勒比小姐在她每天写给休斯先生的信中，她的疑虑逐渐变成事实。

在这封写得不甚明白的信中，她说——或许应该说她暗示——她不明白是怎么回事，实际上，就她的了解，这是不可能发生的事，因此她完全无法理解。但实际情况是，不知怎么回事，她似乎已经怀上孩子——嗯，事实上“似乎”有些用词不当，因为她对此已经确信无疑。所以，不知他能否请一个周末的假，因为她实在是觉得这种事有必要好好谈谈……

第七章
后　续

实际上，调查结果表明，艾伦并不是第一个得知费雷琳消息的人。费雷琳已经担心和焦虑了一段时间，给艾伦写信前的两三天，她已经决定将消息告诉家人：一方面，她急切需要他们的建议和解释，这些她读的书上都找不到答案；另一方面，她觉得这样做比等到别人猜测出来更加体面。她认为，第一个应当告诉安吉拉——当然，她也会告诉生母，但还要再等一阵子，等事情安排妥当之后；看起来这就像是母亲会极力掌控的事情之一。

当然，做出决定比实际行动要容易得多。星期三早上费雷琳已经下定决心。这一天，挑个放松的时间，她会把安吉拉拉到一边，向她倾诉……

不幸的是，周三过得并不轻松。星期四上午感觉也不太合适，下午安吉拉参加了妇女协会的会议，晚上显得十分疲倦。星期五下午倒是有那么一刻——但是爸爸带着来吃午餐的客人去参观花园，还准备把他带回来喝下午茶，看起来也不适合谈论这个问题。因此，直到星期天早上，费雷琳还没有道出心中的秘密。

“今天我必须告诉她——不管有没有合适的场合。再这样下去恐怕会耽误几个星期。”她穿衣服的时候心里盘算着。

她走到餐桌旁的时候，戈登·泽勒比就快要吃完早餐了。他心不在焉地接受女儿的早安吻，不一会儿又像往常一样，轻快地绕着花园转了一圈，然后去了书房，开始工作。

费雷琳吃了些玉米片，喝了些咖啡，接过一个煎蛋和熏肉。吃了两小口之后，她果断地将盘子推到一边，故意要引起安吉拉的注意。

“怎么了？”坐在桌子另一端的安吉拉问道，“不新鲜吗？”

“早餐没问题，”费雷琳说，“我只是今天早上不太想吃鸡蛋，没别的。”

费雷琳希望她会关心一下，但安吉拉似乎并不关心。费雷琳的脑子里似乎有个声音在催促她：“为什么现在不告诉她呢？毕竟，什么时候告诉她并没有区别，不是吗？”于是她吸了口气。她委婉地开头说道：

“其实，安吉拉，我今天早上身体不舒服。”

“哦，是嘛，”继母说道，她正在拿黄油，这时停了下来，她举起涂了果酱的吐司说道，“我也不舒服。没胃口，对吧？”

这时，费雷琳的话已经到了嘴边，她准备把话说完。她抓住这个机会。“我认为，”她平静地说，“我这病很特别。这种病，”她继续说，想把话说明白，“跟怀了孩子的症状一样，不知道你明不明白？”

安吉拉若有所思地看了她一会儿，慢慢地点了点头。

“我明白。”她同意地说。她细心地往吐司上抹一些黄油，又加了点果酱。然后她抬起头。

“我的病也是这样。”她说。

费雷琳瞪大眼睛，张开嘴巴。令她吃惊和困惑的是，她觉得自己有些震惊……但是……毕竟，为什么不呢？安吉拉只比她大十六岁，所以一切都很自然，只是……嗯，她没有料到而已……看起来不太……毕竟，父亲在他的第一次婚姻中已经是三个孩子的祖父了……

而且，一切都始料未及……看起来不太可能……不是说安吉拉人不好，费雷琳也很喜欢她……但是，她有点儿像是能干的大姐姐……还需要时间适应……

她继续盯着安吉拉，不知该怎么回答，因为一切都令人始料未及……

安吉拉并没有看费雷琳。她低头看着窗外，顺着她的目光望去，光秃秃的栗树枝条在风中摇曳。她黑色的眼睛清澈闪亮。

她的眼睛越来越亮，变成两滴泪珠，下睫毛上闪闪发光。泪水涌了出来，流淌到脸颊上。

费雷琳仍然僵在那里。她从未看到安吉拉哭过。安吉拉不是那种轻易流泪的人……

安吉拉低下头，双手盖住脸。费雷琳跳起来，仿佛僵硬的身体突然被释放。她跑到安吉拉身边，用胳膊抱住她，感受到她的身体在颤抖。她紧紧抱住她，抚摸她的头发，轻声安慰她。

在随后的沉默中，费雷琳情不自禁出现一种角色翻转的奇怪感觉。这不是严格的角色颠倒，因为她无意靠着安吉拉的肩膀哭泣；但情况颇有几分相似，让她不得不怀疑自己是否清醒。

但是，很快安吉拉就停止颤抖。她长吸一口气，冷静下来，拿了一块手帕。

“呵！”她感叹道，“真不该这样，但我很高兴。”

“哦。”费雷琳有些不知所措地回应道。

安吉拉呼了口气，眨眨眼睛，擦干眼泪。

“你看，”她解释说，“我真不敢相信这件事。说出来之后就变成真的了。我一直都想要孩子，知道吗？但是后来一直没怀上，我还以为——嗨，我正想打消这个念头，顺其自然。现在竟成真的了，我……我……”她又开始平静而又安详地哭泣。

几分钟后，她振作起来，擦干眼泪，果断地收起手帕。

“好啦，”她说，“行了。我从没想到我会这样痛快地哭一场，但是哭出来心里倒是好受些了。”她看着费雷琳，“我真是有点儿自私——对不起，亲爱的。”

“噢，没关系。我为你感到高兴。”费雷琳说，她大度地想，毕竟情况有点儿出乎意料。她停了一会儿说：

“实际上，我并不想哭，但是有些害怕……”

这个词引起了安吉拉的注意，她从沉思中回过神来。她没料到费雷琳会这么想。她若有所思地看了继女一会儿；仿佛这时才领会到问题的关键。

“害怕，亲爱的?”她重复道，“我觉得你没必要害怕。当然，这样有些不妥，但是——怎么说呢，我们不必严守清规戒律。首先要弄清楚你的判断是准确的。”

“肯定准确，”费雷琳闷闷不乐地说，“但我不明白。这跟你不一样，你结婚了。”

安吉拉没有理会这一点。她继续说：

“好吧，那下一步就是告诉艾伦。”

“对，我也这么想。”费雷琳同意地说，但脸上并没有期待的神情。

“当然了。你没必要害怕。艾伦不会辜负你的。他爱你。”

“你确定吗，安吉拉?”语气中透着怀疑。

“当然了，你这个傻瓜。一眼就看得出来。当然了，这事儿可能有点不体面，但如果你发现他很高兴，我是不会惊讶的。自然而然，这——啊，费雷琳，怎么了?”她停了下来，费雷琳的表情让她吃惊。

“但是、但是你不明白，安吉拉。不是艾伦。”

安吉拉脸上同情的表情骤然消失。她的表情变得冷漠。她开始起身。

“不是的！”费雷琳绝望地喊道，“你误会了，安吉拉。不是你想的那样。谁都不是！这才是我害怕的原因……”

* * *

接下来的两个星期里，米德威奇村的三位年轻女士私下与利博迪先生见面。她们出生的时候是利博迪给他们做的洗礼；他认识她们，与她们的父母很熟。她们都是善良、聪明的女孩儿，而且她们并不无知。但她们每个人都告诉利博迪：“不知怎么怀上了孩子，牧师。这就是我害怕的原因……”

面包店老板哈里曼偶然听说他的妻子去看了医生之后，他想起赫伯特·弗拉格的尸体出现在他家前面的花园里，于是将妻子痛打一顿，妻子则痛哭流涕地申辩说对方并没有进屋，说他们没有任何瓜葛，她与别的男人都没有瓜葛。

年轻的汤姆·多里跟随海军在国外服役十八个月后回家探亲。得知妻子怀孕的消息后，他卷起铺盖，去了他母亲的房子。但母亲让他回去陪伴媳妇，因为她很害怕。这么说并没有打动儿子，母亲只好告诉他，自己洁身自好守了这么多年寡——她倒是不怕别人的闲言碎语——但她活了这么大年纪，无论如何也不明白自己怎么会怀孕。茫然无措的汤姆·多里回到家中，发现妻子躺在厨房地板上，身边放着一只阿司匹林空瓶，于是他冲出去找医生。

一个不那么年轻的女人突然买了一辆自行车，义无反顾地疯狂骑行了老远。

两个年轻女人在热水浴缸里休克了。

三个莫名地绊倒，从楼梯上摔下。

许多女人患上了离奇的胃病。

有人甚至看到邮局的奥格尔小姐一顿饭吃了半英寸厚的鲱鱼酱面包外加近半磅腌黄瓜。

威勒斯医生越来越焦虑，他急切地跑到牧师家里与他见面，商量应对措施。这时，仿佛要证明事情迫在眉睫一样，他们刚谈到一半就被打断，有人急切地需要医生帮助。

结果倒不算糟糕透顶。幸好，尽管按照规定药瓶上写了“毒性”一词，但并不像罗茜·普莱奇预想的那样致命。这并不影响事件的性质。忙完之后，威勒斯医生开始出现无力而又莫名的颤抖。可怜的罗茜·普莱奇才十七岁呀……

第八章
碰　头

艾伦和费雷琳两天前举行的婚礼让戈登·泽勒比又恢复了平静，但平静旋即被威勒斯医生的造访打破。威勒斯医生还在为罗茜·普莱奇险些酿成悲剧感到心烦意乱，他的情绪十分激动，因此泽勒比很难看出他的意图。

然而，他渐渐发现医生和牧师都想让他帮忙——毋宁说，更重要的是，似乎是想让安吉拉帮忙——不知道要帮什么忙，但普莱奇这孩子的不幸遭遇让威勒斯不得不提早行动。

"到目前为止，我们还很幸运，"威勒斯说，"但这已经是一周内第二次有人企图自杀。随时可能会发生第三起；甚至可能闹出人命。我们必须把事情公开，缓解紧张气氛。

不能再耽搁了。”

“在我看来，这个问题肯定是没有公开的。是什么问题？”泽勒比问道。

威勒斯看了他一阵子，然后揉了揉额头。

“抱歉，”他说，“最近我一直为这事焦躁不安；我忘了，你可能还不知情。就是这些莫名其妙的怀孕呀。”

“莫名其妙？”泽勒比皱起眉头。

威勒斯尽力解释为什么莫名其妙。

“整件事情令人匪夷所思，”他总结说，“我和牧师觉得这肯定跟另一件同样匪夷所思的事情有关——‘迷失日’。”

泽勒比若有所思地看了他很久。有一点可以肯定，那就是医生的焦虑真真切切。

“这么想是很奇怪。”他谨慎地说。

“可不止是奇怪哦，”威勒斯回答说，“不过，这个倒是可以缓缓再说。当务之急是许多女人已经濒临崩溃。有些是我的病人，有些即将成为我的病人，必须迅速化解紧张气氛，否则……”他说到一半，摇了摇头。

“许多女人？”泽勒比重复说道，“说得这么邪乎。有多少？”

“没有统计。”威勒斯承认说。

“那大概有多少？我们得弄清楚才好解决呀。”

“我估计——哦，大约六十五到七十吧。”

“什么？！”泽勒比难以置信地瞪着他。

“我说了问题很严重。”

“可是，既然你不确定，怎么知道是六十五？”

“因为这是我的估计——只是粗略估计，我承认——但这是本村所有育龄妇女的人数。”威勒斯说。

* * *

当晚，一脸疲惫和震惊的安吉拉·泽勒比回房睡觉之后，威勒斯说：

“很抱歉麻烦你，泽勒比——但不管怎么说，她迟早是要知道真相的。我希望别人要是有你夫人一半镇定就好了。”

泽勒比沮丧地点点头。

“她真了不起，对吧？我真不知道你和我面对这样的打击会作何反应？”

“真是见鬼，”威勒斯同意地说，“到目前为止，大多数已婚妇女倒还好说，但是为了防止那些未婚妇女精神崩溃，我们只得连这些已婚妇女也一起惊动。除此之外，别无办法。”

“我今晚一直担心的一个问题是，我们到底要告诉她们多少真相，”泽勒比说，“是闭口不谈，让她们自己揣测——还是有更好的办法？”

“见鬼，这是个谜，不是吗？”医生说。

“‘如何发生’是个非常神秘的谜题，”泽勒比承认说，“但我认为‘发生了什么’是毫无疑问的。我想，你也不会——除非你故意回避。”

“你告诉我，”威勒斯说，“你的推理方式可能不一样。我希望不一样。”

泽勒比摇摇头。

“结论……”他开了口，但欲言又止，盯着女儿的照片看。

“上帝啊！”他惊叹道，“费雷琳也是一样？”

他慢慢把脸转向医生。“答案难道是你不知道？”

威勒斯犹豫了一下。

“我不能确定。”他说。

泽勒比往后捋了捋白发，向后靠到椅子上。他一声不吭地看着地毯的图案，足足有一分钟。然后他回过神。刻意用客观的口气说道：

“有三种——不，或许是四种——可能。我想，如果有任何证据可以证明那些头脑简单的人都能想到的原因的话，你肯定会提到，对吧？除此之外，我能想到其他几种解释，我等会儿再说。”

“说得没错。”医生说。

泽勒比点点头。“首先，不管怎么说，在某些低等生命形式中，不是有可能出现孤雌生殖吗？”

“但是，据我所知，在高等生命形式中不存在——哺乳动物更不可能。”

“对。那第二点，还有人工授精。”

“有倒是有。”医生承认说。

“但你觉得不是。”

“不是。”

“我看也不是。还有第三点，”泽勒比有些严肃地说，“那就是胚胎移植，这可能导致有人所说的——好像是赫胥黎说的吧——‘异种生殖’。也就是说，幼体与母体——或者可以换个词，‘宿主’——属于不同物种？这样的话母体并不是真正的母体。”

威勒斯医生皱起眉头。

“我真希望她们身上不是这种情况。”他说。

泽勒比摇摇头。

“亲爱的朋友，你最好还是放弃这个希望吧。她们可能不会马上想到这一点，但这是一种可能——如果这个词不是很明确的话——有些头脑灵活的人不久就会得出这个结论。你看吧。我们可以形成一致意见，能不能排除孤雌生殖？从来没有记录在案的可靠案例吧？”

医生点点头。

“那么，她们很快就会明白，像我一样，也像你一样，只需做个简单的加减法，就能排除强暴和人工授精。孤雌生殖也同样可以排除，即使有这个可能的话。根据平均定律，随机抽取任意一个较大的女性群体，都不可能有超过百分之二十五的女性同一时间处在同样的妊娠阶段。”

“可……”医生怀疑地说。

“好吧，我们可以退一步，比如说，百分之三十三。这个数字已经够高了。但是，如果你估计的数字没错或者接近的话，目前的情况在统计上是不可能的。因此，不管我们接不接受，我们只剩下第四种可能，也就是最后一种可能——‘迷失日’当天，肯定有人给她们植入了受精卵。”

威勒斯看起来很不高兴，而且有些怀疑。

“我要质疑一下你的‘最后一种可能’，或许还有我们没想到的其他可能性。”

泽勒比有些不耐烦地说：

“你能说出不违反这个数学定律的受孕形式吗？——说不出吧？那好。这就说明这不可能是受孕：因此，它一定是孵化。”

医生叹了口气。

“好吧。我认可你的观点，”他说，“对我来说，我只附带关心一下这是如何：我真正担心的是我现在以及将来的病人的健康……”

“从现在开始，你就会关心这个问题了，”泽勒比插话说，“因为，既然她们现在处在同一阶段，很明显，不久之后——如果不出意外的话——孩子将在很短的时间内出生。大概在六月底或者七月的第一个星期——当然，如果一切正常的话。”

“目前，”威勒斯坚定地说，“我主要担心的是要减少她们的焦虑，而不是增加焦虑。出于这个原因，我们必须尽最大努力防止胚胎移植这种想法四处散播，维持得越久越好。它会引起恐慌。为了她们着想，不管别人向你提起什么样的想法，请你不要理会。”

“好，”泽勒比思考再三之后表示同意，“好，我同意。现在，我想，这事我们还真得好好考虑，”他皱起眉头，“很难想象一个女人如何看待这些问题：我能说的就是换作是我，即使在一切顺利的情况下怀孕生产，我也会感到畏怯：如果我知道怀的是某种未知的生命形式，我可能会发疯。当然，大多数女人可能不会；她们的心理更加强大，但有些人可能会发疯，所以最好不要让她们相信这种可能性。”

他停顿下来，陷入思考。

“现在我们应该着手帮我妻子设计一下台词。需要考虑许多方面。最棘手的一个问题就是公开——或者不公开的问题。”

“天哪，是的，”威勒斯说，“一旦让媒体知道……”

“我知道。如果让他们知道，那只有祈求上帝保佑了。迎接我们的将是日复一日的评论，长达六个月不断增长的猜测。他们当然不会放过‘异种移植’这种话题。很可能会整个预测竞赛。好吧，军事情报处成功地阻止了‘迷失日’的消息登上报纸，我们得看看他们对此能做什么。”

“现在，我们来商讨一下采取什么策略……”

第九章
保　密

这次会议前做了广泛的游说工作，但并没有说这是一次“面向米德威奇所有妇女的特别紧急会议”。戈登·泽勒比亲自登门拜访我们，他措辞谨慎，虽然让人觉得事情紧急，但又说得滴水不漏。要问他所以然，他只是一个劲搪塞，反而增添了我们的兴趣。

等人们相信这不是一次简单的民防动员或者其他形式的普通聚会，大家都产生了强烈的好奇心，心里琢磨着到底是什么事让医生、牧师、他们的妻子、当地的护士，还有泽勒比夫妇，挨家挨户地一个一个邀请。他们语焉不详，且再三保证这次会议不收费用，不搞募捐，所有人还有免费的茶饮，连生性多疑的人也放下了戒备。最终会场座无虚席。

安吉拉·泽勒比和会议的两个主要召集人一起坐在台上，她坐在两个人中间，脸色有些苍白。医生紧张地抽着烟。牧师则显得心不在焉，这时他回过神来，跟泽勒比太太说了句话，泽勒比太太回答得也有些心不在焉。因为有人迟到，他们又等了十分钟，然后医生请大家关上门，会议开始。他简短地强调了一下会议的重要性，但仍然没有透露太多信息。牧师也赞成他的说法。他总结说：

“我恳请大家认真聆听泽勒比太太的发言。非常感谢她公开自己的心事。我希望大家知道，她的发言已经得到我和威勒斯医生的支持。我向大家保证，只是因为我们觉得这件事让女士来谈，可能更合适，大家更容易接受，因此才劳烦她。

“现在我和威勒斯医生到会场外面回避一下，但我们不会走远。等泽勒比太太讲完，如果大家愿意，我们可以回到台上，尽量回答大家的问题。现在请大家认真听泽勒比太太讲话。”

他朝面前的医生挥手，两人一起从台子一侧的门出去。门摇摆了几下，但没有关严。

安吉拉·泽勒比端起她面前桌上的水杯喝了口水。她先是低头看着搁在发言稿上的双手，然后抬起头，等待低声交谈的听众安静下来。大家安静下来之后，她仔细打量大家，仿佛要看清每一张脸庞。

“首先，”她说，“我必须警告大家。我要讲的话对我来说很难启齿，大家听了也会觉得难以置信，目前来说任谁都无法理解。”她稍作停顿，垂下眼睛，然后又抬起眼睛。

“我，”她说，“要生孩子了。对此我感到非常高兴，感觉很幸福。想要孩子对女人来说是非常正常的事情，知道自己怀了孩子是一件很幸福的事。担心害怕并不正常，也没有好处。孩子带来的是幸福和欢乐。不幸的是，米德威奇有许多妇女并没有这种感觉。有些人感到郁闷、羞耻和恐惧。我们开这次会就是为了这部分人，帮助这些不幸的人，告诉她们完全没必要这么想。”

她又平静地扫视了一遍观众。人群里出现了喘息的声音。

“这里发生了非常奇怪的事。受影响的不是一两个人，几乎所有人——米德威奇所有的育龄妇女都在其中。”

当她把事实说出来时，大家一动不动地坐在那里，鸦雀无声，每一双眼睛都紧盯着她。然而，还没等她说完，她发现大厅右手边出现了一些骚乱和嘘声。放眼望去，她看到莱特莉小姐和她的闺蜜兰姆小姐坐在会场中间。

“莱特莉小姐，”她字正腔圆地说，“是不是这个话题跟你没有关系？”

莱特莉小姐站起身，她的声音带着颤抖和愠怒。

“当然了，泽勒比太太。我这辈子从没……”

“这样，既然这件事对在座的很多人都很重要，希望你不要打扰大家——或者请你出去？”

莱特莉小姐一动不动地站在原地，看着泽勒比太太。

“你这是在……”她开口说，但欲言又止，“好吧，泽勒比太太，”她说，“你这是在恶意中伤我们的社区，咱们换个时间再做理会吧。”

她骄傲地转身，停顿了一下，明显是在示意兰姆小姐陪她一同出去。

但兰姆小姐一动不动。莱特莉小姐低头看了她一眼，不耐烦地皱起眉头。兰姆小姐仍旧岿然不动。

莱特莉小姐准备开口叫她，但兰姆小姐的表情阻止了她。兰姆小姐不再看她的眼睛。她的眼睛盯着前方，脸上涌起一片绯红，然后变得通红。

莱特莉小姐嘴里轻轻发出奇怪的声音。她伸出手，扶住椅背保持平稳。她低头盯着闺蜜，一言不发。过了几秒，她一脸憔悴，似乎老了十岁。她的手从椅背上落下来。她极力振作起来。她坚决地抬起头，但双目无神。然后，她挺直背，一个人沿着走廊走到大厅后面，脚步显得有些踉跄。

安吉拉等待着。她以为大家会发一通议论，但没有一个人开口说话。观众看起来既震惊又疑惑。大家又把目光转向她，急切地盼望着。等大家安静下来，她继续讲话，试图用平静的语气缓和莱特莉小姐制造的紧张情绪。她继续之前的发言，直至结束。

这一次人群中出现了她意料之中的骚动。安吉拉喝了一口水，将紧攥着的手帕捏到手心，仔细地看着观众。

她看到兰姆小姐弯着腰，用手帕蒙住了眼睛，旁边和善的布兰特太太正竭力安慰她。哭出声的不止兰姆小姐一个人。许多人都低着头，人群中响起一阵惊恐和愤怒的哭声。时不时有人做出略显疯狂的举动，但并没有爆发她担心的混乱。她不知道在多大程度上是因为大家早有预感，因此没有受到惊吓。

她感到一阵释然，信心倍增，于是继续观察了大家几分钟时间。当她觉得第一波惊讶已经消散，她敲了敲桌子。嘈杂声停止了，有人抽了几下鼻子，然后大家再次期待地看着她。安吉拉深吸一口气，再次开口。

“只有，”她说，“只有孩子或者带孩子气的人才相信生活是公平的。生活并不平等，这件事对有些人来说比对别人更加残酷。但是，不论公不公平，不论我们接不接受，不管结没结婚，我们都在一条船上。因此，不能对一部分人采取蔑视的态度。我们都不符合常规，如果这里有哪个已婚妇女觉得她比未婚的邻居更守道德，那她也该扪心自问，她怎么能证明现在肚子里怀的是她丈夫的骨肉。

“这件事所有人都有份。为了自身利益，我们必须团结一心。不能责备任何一个人，不能区别对待，除了——”她停顿一下，接着说，“除了那些背后没有丈夫支持的人更需要我们的同情和关爱。”

她继续展开讲了一会儿，直到她觉得她的话收到了成效。接着她又谈到另一方面。

“这，”她语气强烈地说，“是我们的事——没有什么事比这件事更私密。我敢肯定，我相信大家同意我的看法，还应该继续保密。我们得自己解决，不需要外部干涉。

“大家肯定都知道小道消息是怎么报道有关结婚生子的事，尤其是不同寻常的事。他们就像看脱衣表演一样，仿佛当事人是游乐场的怪胎。父母的生活、住房、孩子，都会被扒开曝光。

“我们都读过一则有关多胞胎的新闻，报纸大肆报道，然后由政府派驻医疗人员接管，结果孩子很快就被带离父母身边。

“我呢，一方面不想像这样失去自己的孩子，我想大家跟我的想法一样。因此，除非我们自己想遭受各种各样的不快——我警告大家，如果这件事情公之于众，那就会成为各种俱乐部和酒吧的饭后谈资，谈论的人还会添油加醋、含沙射影——另一方面，除非我们想成为媒体的焦点，结果很可能是医生和科学家找各种各样的借口夺走我们的孩子。当前情况下，我们必须团结一心，对待外人守口如瓶。我们有能力让这件事成为米德威奇村的内部事务，按照米德威奇村民的意愿行事，而不听任新闻报纸和部里的摆布。

“如果特雷恩或者别的地方的人问起来，或者有陌生人来采访，我们必须为了孩子和我们自己考虑，只字不提。但是我们不仅要保持沉默和保密，好像我们在隐瞒什么。我们必须让外人看来米德威奇根本没有发生任何异常。如果我们同心协作，让男人明白他们必须合作，那就不会引起别人的注意，人们就不会干涉我们——他们不应该干涉我们。这不关他们的事，这是我们自己的事。没有人比我们更有权利和义务保护我们的孩子不受剥削，我们是他们的母亲。”

她像演讲开始时一样，平静地打量观众，一个一个看过去。然后她总结说：

“现在我要请牧师和威勒斯先生回来。如果大家不反对，稍后我也会加入他们。我知道大家有很多问题要问。”

她走进旁边的小房间。

“讲得好，泽勒比太太。讲得真好。”利博迪先生称赞道。

威勒斯先生拉起他的手，按了按。

“我想你已经做到了，亲爱的。”他一边告诉她，一边跟着牧师走上讲台。

泽勒比领她坐到一张椅子上。她躺到靠背上，闭上眼睛。她脸色苍白，神情疲惫。

“我看你最好回家。”他对她说。

她摇摇头。

“不用，休息几分钟就好了。我必须回到台上去。”

“他们可以应付。你已经完成任务，做得非常出色。”

她又摇了摇头。

“我能理解这些女人心里的感受。这很关键，戈登。我们必须让她们提问、开口——想说多久就说多久。这样她们回去的时候就能挺过第一波打击。她们必须接受这种思想。她们需要相互扶持。我能理解——我也需要。”

她伸出一只手往后捋了捋头发。

“知道吗？戈登，我刚才说的不是真话。”

“哪里不是真话，亲爱的。你说了很多，对吧。”

“我说我很高兴。两天前这么说倒是真的。我想要孩子，属于你和我的孩子，很想很想。现在我很害怕——我很害怕，戈登。”

他紧紧抱住她的肩膀。她的头靠在他的头上，叹了口气。

“亲爱的，亲爱的，”他一边说，一边温柔地抚摸她的头发，“不会有事的。我们会照顾你。”

“还不知道，”她感叹说，“不知道是不是怀了——还不确定，也不知道怀的是什么……这感觉很——很可悲，戈登。让人感觉像是动物。”

他温柔地亲吻她的脸颊，不断抚摸她的头发。

“你不必担心，”他说，“我敢肯定，等他或者她出生的时候，你看了肯定会说：‘哦，亲爱的，他的鼻子真像你。’但是，就算不像，我们也可以共同面对。你不是一个人，亲爱的，你可别以为你是一个人。有我呢，还有威勒斯医生。我们可以帮助你，一如既往，永远不变。”

她转过头亲吻他。

“戈登，亲爱的，”她说，然后她放开他，站了起来，“我必须回去。”

泽勒比盯着她的背影看了一会儿。然后他把椅子挪到没有关紧的门边，点了一支烟，仔细聆听大家提问，看大家情绪如何。

第十章
商　妥

一月的任务是抚平打击，引导反应和稳定情绪。前期会议堪称成功。它放进了空气，驱除了焦虑；与会者刚开始感到惊愕，就得到了适当的引导，她们总体上接受了维持社区团结并履行责任的建议。

有个别人不合群是预料之中的事，但他们也不愿意将自己的私生活公之于众，不愿意道路上塞满汽车，不愿意好奇的游客瞪大眼睛朝他们窗户里面窥探。而且，这两三个不合群的人也不难看出，村民们会同心协力抵制任何不合作的人。就算威尔弗雷德·威廉姆斯先生有时也眼巴巴地盼着镰刀与石头酒馆生意兴隆，但他仍然坚定地支持大家的决定——他心里明白放眼长远才是正道。

当第一波冲击造成的困惑消散，他们开始觉得自己能够掌控方向，当年轻未婚妇女不再自怨自艾或者自鸣得意，当一年一度的联欢会和花展即将来临、村里又明显恢复了往年的节日气氛时，自发组织起来的成员们才感觉到，至少他们已经让事情走上正轨。

原来由威勒斯夫妇、利博迪夫妇、泽勒比夫妇和丹尼尔斯护士组成的委员会又吸收了我们夫妻两个，还有阿瑟·克里姆先生。阿瑟被指定代表几个愤怒的研究人员。农庄的这些研究人员发现，他们已经不容分辩地卷入米德威奇的内部生活。

然而，尽管在村务大厅召开的会议之后五天召开的委员会会议上，大家感觉“到目前为止，一切顺利”，但委员们都很清楚，前面的道路还十分坎坷。他们觉得，之前村民在引导下已经有了态度，如果不善加管理，他们很容易又回到传统的偏见之中。至少在一段时间内，必须维持和强化这种思想。

“我们要缔造，”安吉拉总结说，“类似逆境同盟的东西，但又不能说这是逆境——这事儿，依我看，确实不是逆境。”

只有利博迪太太不同意这种想法，她似乎有些怀疑。

“但是，”她迟疑地说，“我觉得我们应该*实话实说*，知道吧。”

其他人好奇地看着她。她继续说：

“嗯，我的意思是，这*就是*逆境，不是吗？毕竟，我们身上不会凭空发生这种事，对吧？肯定有原因；所以找出原因难道不是我们的职责吗？”

安吉拉看着她，轻轻皱起眉头。

“我倒是不明白……”她说。

“好吧，”利博迪太太解释说，“当这种事情——这样离奇的事情——突然在一个地方降临，背后肯定有原因。我的意思是，请看一下埃及、索多玛和蛾摩拉的灾难，以及诸如此类的灾难。”

大家一阵沉默。泽勒比觉得有必要缓解尴尬。

“依我看，”他说，“埃及的瘟疫是上天欺侮人的卑劣案例；现在这种手段也叫强权政治。至于索多玛……”他顿了一下，当他看到妻子的眼神时，停了下来。

“呃……”牧师说，因为大家似乎都在看他，“呃……”

安吉拉赶紧救场。

“我觉得你真没必要为这个担心，利博迪太太。当然，贫瘠是一种常见的诅咒形式；但我真不记得哪一次惩罚是以结果的形式出现的。毕竟，这很不合理，不是吗？”

“那就要看结的是什么果儿。”利博迪太太阴沉地说。

接下来又是一阵沉默。除了利博迪先生之外，大家都盯着利博迪太太。威勒斯医生的目光转向丹尼尔斯护士，然后又转向多拉·利博迪，在众人的注视之下，她似乎并没有表现出不适。她用歉意的眼神扫视大家。

“对不起，恐怕这场灾祸都是我一个人酿成的。”她倾吐道。

“利博迪太太……”医生开始说。

她责备似的举起一只手。

“你真好，”她说，“我知道你想宽恕我。但应该花时间忏悔一下。我是个罪人，知道吧？如果我十二年前生下孩子，这一切都不会发生。现在，我必须为我的罪孽接受惩罚，所以怀上的孩子不是我丈夫的。一切再明白不过。我很抱歉给大家引来灾祸。但这就是审判，知道吗？就像那些瘟疫一样……”

牧师的脸涨得通红，焦虑不安，没等她说完就插话说：“我觉得——呃——或许我们该先走一步……”

大家轻轻地把椅子往后推。丹尼尔斯护士静静地走到利博迪太太身边，和她攀谈起来。威勒斯医生看了她们一会儿，然后发现利博迪先生站在他身旁。他轻轻地拍了拍牧师的肩膀。

“她受了惊。不足为奇。在她之前，我看到好几个人这样。我会让丹尼尔斯护士送她回家，给她打一针镇静剂。兴许睡上一觉就会好些。我明天早上再去看看。”

几分钟后，众人散了，每个人心中仿佛压了一块石头。

* * *

艾伦·泽勒比太太倡导的策略实施得非常成功。一月中下旬，我们开展了交流活动推动睦邻友好，我们觉得这样一来，那些拒不合作的人会被孤立起来，或者至少开始反思。二月底我向伯纳德汇报说，总体上情况很稳定——比我们起先预想的稳定得多。人们的信心有过动摇，甚至还有更糟的情况，但是从目前来看，大家的信心很快就恢复过来。我向他详细汇报了这段时期村里的情况，但有关农庄内大家的态度和看法我无法提供。或许是因为研究人员认为他们对这件事负有保密义务，抑或他们认为只有保密才更加安全。

克里姆先生仍然是他们与村民之间的唯一联系渠道，在我看来，要想获取任何信息，我要么得申请授权告诉他们，我对这件事感兴趣的背后有官方支持，要么得让伯纳德亲自处理。伯纳德倾向于后者，他安排克里姆先生下次去伦敦的时候一起见个面。

他从伦敦回来顺道拜访了我们，将心中的烦恼一吐为快，这些烦恼主要和他的研究机构有关。

“他们倒是追求完美，”他抱怨说，“我就是不知道，当我的六个问题引发津贴和缺勤问题，并把他们完美的休假名单搞得一团糟时，我真不知道该怎么办。还有，我们工作日程也会受到影响。我告诉韦斯科特上校，如果他们部门真想在这件事上保持低调，他们只有让高层正式介入。否则，过不了多久我们就得给出解释。我想他明白我的意思。但是，我怎么也弄不明白，军事情报处为什么这么感兴趣，你说呢？”

“很遗憾，”珍妮特对他说，“我们还指望你去见他能给我们捎点儿消息呢。”

*

目前米德威奇的生活似乎进行得还算顺利，但没过多久，一股暗流就浮出水面，让我们感到一阵不安。

在利博迪夫人召开的委员会会议仓促结束之后，她不再对进一步促进村子和谐发挥任何积极作用，这一点并不奇怪。过些日子之后当她再次出现的时候，她似乎觉得这件事令人反感。

三月初的一天，特雷恩圣玛丽教堂的牧师在妻子的陪同下，用他们的车把利博迪夫人送回了家。他有些尴尬地向利博迪先生讲述说，他们发现，她正站在一只翻过来的箱子上布道。

“啊——布道？”利博迪先生不安而又担心地说道，“我——哎——你能告诉我是怎么回事吗？”

“噢，对——对，恐怕说起来很离奇。”圣玛丽教堂的牧师闪烁其词地说。

“我想我得知道。医生来了肯定会问的。”

“好吧……嗯——总得来说是呼吁大家悔改；带有一种——嗯——复兴主义的悲观论调。如果特雷恩的人们对愤怒、惩罚和地狱之火心存畏惧，他们就必须忏悔并祈求宽恕。恐怕这不符合宗教传统。骇人听闻，知道吧？看来，尤其要避免与米德威奇人有任何瓜葛，因为他们已经引起了上帝的不悦。如果特雷恩人不引以为戒、改过自新，惩罚将不可避免地降临在他们身上。”

“噢。”利博迪先生语气平和地说。

“她没有说我们这里遭受的是什么惩罚吗？”

“神灵显现，”圣玛丽教堂的牧师告诉他，“具体来说，这灾祸跟——嗯——孩子有关。当然，当然，这已经引起一些闲言碎语。总的来说这件事很可悲。当然，我太太提醒我注意利博迪太太的——嗯——病情，这就不难理解了，但她的病更让人难受。我——哦，威勒斯医生来了。”他如释重负地闭上了嘴。

*

一个星期后的一天下午，利博迪太太站在战争纪念碑的台阶最下面，又准备发表演说。这次她身穿一件粗麻布衣服，赤着脚，额头上布满灰尘。幸好当时在场的人不多，她还没来得及开口，布兰特太太就把她劝回家中。一个小时后，消息传遍了全村，但她的思想，无论内容是什么，都没有传开。

很快，米德威奇村民就听说威勒斯先生建议她去养老院休息，对此，大家早有预料，满怀同情。

* * *

三月中旬，艾伦和费雷琳婚后第一次回到米德威奇。艾伦复员之前的一段时间，费雷琳住在苏格兰一个小镇上，周围全是陌生人。安吉拉不想让她担心，因此在信中没有告诉她真实情况。所以，现在必须告诉他们真相。

艾伦听她讲完之后表情凝重起来。费雷琳一声不吭地听着，时不时扫一眼艾伦的表情。之后她打破了沉默。

“知道吗？”她说，“我一直有种奇怪的感觉。我的意思是，不应该——”她突然有了另一个念头，“噢，多么可怕呀！我有点儿强迫可怜的艾伦跟我结婚了。这是胁迫、施压，或者说用心险恶。这能构成离婚的理由吗？噢，亲爱的。你想离婚吗，亲爱的？”

泽勒比看着女儿，眼角微微皱了一下。

艾伦把手搭在她的手上。

“我想我们应该等等看，你说呢？”他说。

“亲爱的，”费雷琳说着，用手指缠绕住她的手指。她看了艾伦许久，然后转头看到父亲的表情。父亲看着她不发一言，她又把脸转向安吉拉，详细询问村里的反应。半小时后，她们走出房间，留下两位男士。门刚锁上艾伦就开口说：

“我说，先生，这事儿有点儿打击人呀，对吧？”

“恐怕是的，”泽勒比同意地说，“我唯一能说的就是打击会随着时间逐渐消退。最痛苦的是一开始个人的偏见受到打击——当然，我是站在男性的立场说话。很不幸，对女性来说这只是第一重障碍。”

艾伦摇摇头。

“恐怕这对费雷琳是个沉重的打击——对安吉拉也是如此，”他急切地补充道，“当然啦，我的意思是，不能指望她，我说的是费雷琳，一下子就接受。接受这种事情需要点儿时间……”

“亲爱的朋友，”泽勒比说，“作为费雷琳的丈夫你有权做各种猜测，但为了你自己心里安宁，有一点你不能做，那就是不要小瞧她。我敢保证，费雷琳已经走在你前头了。我觉得她不是不明白。她故意说得轻描淡写，因为她知道如果她看起来很焦虑，你会替她担心。”

“噢，你真是这么想的吗？”艾伦有些平淡地说。

“是的，”泽勒比说，“而且，她很懂事。杞人忧天的男人令人讨厌。男人能做的就是掩饰担忧，坚定地站在一旁，充当支柱，同时做一些实际的组织服务。我这可是过来人的经验。

“男人还可以秉持现代知识和常识——但是策略要巧妙。你简直不敢相信近来村里出现了多少令人尊敬的谚语、多少重要的征兆、多少老太太的真言、吉普赛人的警告和各种各样的胡言乱语。我们简直就成了民俗学家的宝箱。你知不知道，现在村里，星期五从停柩门下经过十分危险？穿绿色衣服无异于自杀？吃香饼很不明智？你知不知道如果刀或者针掉在地上的时候刀尖或者针尖朝下就代表男孩？不知道吧，你肯定不知道。不过没关系，我正在收集这些人类智慧的菜花，希望它们能让我的出版商们保持沉默。”

艾伦这时才想起来询问他专著的进展。泽勒比忧伤地叹了口气。

“我下个月底就得交《英国黄昏》的终稿。目前这部当代研究作品已经写了三章。如果这三章的内容我还记得的话，那毫无疑问，我觉得现在来看它们已经过时了。脑子里悬着托儿所的事，我根本无法集中精力。”

“我很惊讶你们竟然能够保密。我觉得你们不可能保密的。”艾伦说。

“我是觉得不可能，”泽勒比承认，“到现在我仍然很惊讶。我想这有点儿像是皇帝的新装——又或者希特勒的大谎言理论[①]颠倒过来——真相太离奇，人们不相信。但是，告诉你吧，奥普利和斯托奇人都有所察觉，他们对有些人出言不逊。但是他们似乎对严重程度还不知情。我听说两个村子的人都在谣传万圣节那天我们在古老而又荒诞的乡村狂欢中纵情声色。无论如何，当我们经过时，有的村民甚至会把裙子撩到一边。我得说我们村的人面对挑衅真是一忍再忍，令人称赞。”

“你的意思是一两英里外的人不知道这里到底发生了什么？”艾伦难以置信地问。

“我倒不是这个意思，只是他们不愿相信。我想他们早就听到了各种风言风语，但是他们宁愿相信这些都是胡编乱造的谎话，目的是要掩盖更加正常但又可耻的事。威勒斯说得对，自我保护的本能会保护人们不受令人不安的消息伤害——除非事情上了报纸。当然，看到报纸上的报道，百分之八九十的人会走向另一个极端：什么都信。其他村子愤世嫉俗的态度的确起到了帮助作用。这意味着，除非村里人直接告诉报社，否则他们得不到任何信息。

“在我们公布消息后的头一两周，内部压力最大。有

---

① 希特勒认为谎撒得越大越有人相信。

几个丈夫很难对付，但当我们让他们明白这不是精心编排的掩饰和欺骗把戏，当他们发现没有一个人嘲弄他们之后，他们就变得更加理性，不再那么保守。

“过了些日子，兰姆和莱特莉之间的裂痕已经弥合，莱特莉小姐从打击中恢复，兰姆小姐现在又被当作女王似的宠着。

“有一段时间，我们最大的对头是蒂莉……哎，你肯定见过蒂莉·福莎姆——穿着马裤、翻领、骑马外套，牵着三只猎犬四处晃悠。她有段时间强烈反对，如果她喜欢孩子倒也罢了；但是，由于她喜欢养狗，这件事对她来说很难。然而，现在她也很不情愿地做出妥协。”

泽勒比又聊了些琐事，最后一件说的是奥格尔小姐差点以个人的名义支付第一笔款买下特雷恩最豪华的婴儿车，所幸有人阻止了她。

艾伦停了一下说：

“你是不是说过有十名妇女本来应该受到影响，但没有受到影响？”

“对，其中五个坐在奥普利路上的公共汽车里，因此‘迷失日’期间对她们进行了观察——这一点至少让我们排除了气体受精的说法，有人怀疑这是一项令人恐怖的当代新发明。”泽勒比告诉他。

第十一章
出　色

"真是抱歉，"五月初伯纳德·韦斯科特写信给我，"由于客观原因，官方无法对你们村迄今为止的出色表现给予祝贺。说实话，你们的谨慎和团结令我们大为吃惊；我们这里的大多数人都预计更早之前就得采取官方行动。现在，距离出生日期只有大约七个星期了，我们有望不必采取行动。

"目前为止，我最关心的是克里姆先生的雇员弗雷泽小姐，因此，可以说这不是村里人的错——也不能说是这位女士的错。

"她爸爸是海军军官，现在已经退休，他生性好斗，喜欢惹是生非——他决心要向议院检举，投诉政府机构内生活放纵。很明显，她是要送女儿到佛里特街[①]度假。幸好我们安排了有关领导及时找他谈话。

“你怎么看？你觉得米德威奇能撑到最后吗？”

这个问题很不好回答。如果没有大的麻烦，我想很有可能撑到最后：但另一方面，又不得不提防各种各样意料不到的情况——一个小小的雷管就可能引爆一切。

尽管我们经历了起起落落，但还是平稳地挺了过来。有时，问题不知道从哪里冒了出来，像传染病一样四处蔓延。其中最糟糕的一次，差点引起恐慌，但是被威勒斯医生化解，他迅速安排了X光设备，检查结果表明一切正常。

五月，人们的总体态度可以用“振作”来形容，到处都有战斗开始的意味。威勒斯医生通常建议妇女到特雷恩医院生产，但这次他改变了主意。首先，如果孩子有问题，所有保密的努力都会前功尽弃。其次，特雷恩也没有足够的床位同时容纳米德威奇所有育龄妇女同时生产——仅这一点就足以引起公众的关注——因此他继续努力在当地创造条件。丹尼尔斯护士也精疲力竭，村民们真得庆幸，在“迷失日”这个关键时刻她离开家了。据了解，威勒斯为六月第一周预订临时助理，随后还安排了助产士突击队。村务大厅的小会议室被征作补给基地，几家生产化学药品的公司已经发来几大箱货品。

利博迪先生也累得死去活来。因为利博迪太太的遭遇，

① 佛里特街是英国几家报馆办事处所在地，也指伦敦报业、伦敦新闻界。

大家对他十分同情，他在村里比以往更受人尊敬。泽勒比太太在珍妮特的帮助下，坚定地贯彻团结路线，继续宣称米德威奇将众志成城，勇敢面对一切挑战。我想，主要是有了她们的工作我们才能取得这样的成绩——除了利博迪太太和别的一两起意外之外，没有遇到什么身心上的麻烦。

就像大家期待的一样，泽勒比先生发挥的作用无法具体从某一方面衡量，用他的话说，他是“流言与预言”部门的主要杀手。他以娴熟的技巧，让各种荒诞不经的传言偃旗息鼓，而且没有引起人们的愤怒。大家有需要有困难的时候他也鼎力相助。

克里姆先生对所在部门的担忧仍然存在。他越来越紧急地敦促伯纳德·韦斯科特，甚至说要想避免文官队伍陷入丑闻，他的研究项目必须迅速从目前的部转到陆军部。伯纳德似乎在朝这方面努力，但坚称这件事必须继续保密，保密时间越长越好。

“从米德威奇的角度来看，”克里姆先生耸耸肩说，“这是好事。但这到底与军事情报处有什么关系，我仍然不明白……”

* * *

到五月中旬形势出现了明显的变化。到目前为止，米德威奇的精神与朝气蓬勃的季节之间并未出现任何不协调的地方。说它现在已经走调倒是太过，但它的琴弦出现了一定的噪声。村里出现了一种沉思的气氛，以及一种忧虑的状态。

“这就是，”有一天威勒斯对泽勒比说，“我们开始感到血脉贲张的地方。”

“有些话，”泽勒比说，“由于缺少上下文，听起来倒还好，但我明白你的意思。有件事倒是不妙，那就是一些愚蠢的老妇人喋喋不休。不知怎么的，它是老太婆们绝佳的便门。我希望有人阻止她们。”

“她们只是危险之一。还有更多呢。”

泽勒比闷闷不乐地想了一会儿，然后说道：

“嗯，我们只能继续努力。我想我们做得已经很好，因此早些时候才没有出现这么多麻烦。”

“比预想的好得多——这几乎都是泽勒比太太的功劳。”医生说。

泽勒比犹豫了一下，然后下定决心。

“我很担心她，威勒斯。我不知道你能不能——嗯，跟她谈谈。”

“谈谈？”

“她比表面上看起来更忧虑。就在前几天晚上，不知道是什么原因，我偶然抬头发现她盯着我看，眼神里充满怨恨。她不恨我，你知道吧……然后，好像我说了什么似的，她说：‘对男人来说毫无问题。他不需要经历这种事情，他知道他永远也不会经历这种事情。他怎么能够明白？他可能表现得像个圣人一样，但他只是个局外人。即使一切正常，他也永远不可能明白这种感受——所以说他对此能有什么体会？——晚上躺在床上，想到自己被人利用的感觉？——仿佛她根本不是人，而是一种装置、一种孵化器……然后一个小时接一个小时，一个晚上接一个晚上不停思考，到底她孵化的是什么东西。当然，你不明白这种感觉——你怎么会明白呢！这是羞辱，难以容忍。我很快就会崩溃。我知道我会崩溃的。我再也无法忍受了。’”

泽勒比停了下来，摇摇头。

“别人什么忙都帮不上。我没有劝她。我觉得最好让她自己想通。但如果你能和她谈谈、劝劝她，我会很高兴。她知道所有的检验和 X 光结果都很正常——但不管怎么样，她觉得你有必要从职业的角度告诉她。我想也是这样。”

“对——感谢上天，”医生说，“我不知道如果结果并不正常我该怎么办——但我知道我们肯定不能像现在这样。我向你保证，病人对这个结果肯定会像我一样放心。所以你不必担心，我会让她安心。她不是第一个有这种想法的人，也不会是最后一个。但是，一旦我们解决了一件事，她们就会去担心另外一件事。

“这对大家来说将是一段非常非常危险的时期……”

*

一周之后的事实表明，威勒斯的预言只是轻描淡写。这种紧张迅速蔓延，几乎每天都在明显增长。第二周结束时，米德威奇的联合战线已经被严重削弱。随着自助的局限开始显现，利博迪先生必须面对越来越多的社区焦虑。

他不辞辛劳，每天安排一些特别的礼拜仪式，剩余时间则驱车从一个教民家赶往另一家，尽力鼓舞她们。

泽勒比觉得自己碍手碍脚。理性主义不受欢迎。他异乎寻常地沉默，如果有需要的话，他甚至会尽量从公共视线中消失。

“你有没有留意，”有一天晚上他来到克里姆先生的村舍里说，“你有没有留意她们瞪着人看的样子？仿佛是我们在讨好造物主，让他创造出女性。有时很令人不安。山庄里的情况也是这样吗？”

“有点苗头，”克里姆先生承认说，“但我们给她们放了一两天假。想回家的人已经回家。剩下的医生已经给他们安排了住处。因此，我们的工作更多。情况变得更加艰难。”

“你真是说得轻巧，”泽勒比说，“碰巧，我从没在烟花工厂上过班，但我知道那种感觉。我觉得任何时候都可能发生不受控制、十分恐怖的事。我们能做的只有等待，祈祷不要发生。说实话，接下来一个月左右我们要怎么熬，我毫无头绪。”他耸耸肩，摇摇头。

* * *

然而，在这令人沮丧的动荡关头，局势却出乎意料地出现了转机。

兰姆小姐已经养成了习惯，晚上在莱特莉小姐的悉心照顾下安静地散步。那天晚上，她遭遇了一场意外。她们屋子后门外整齐地堆放着牛奶瓶子，其中一只不知怎么被打翻在地，两人出发时，兰姆小姐踩了上去。脚下的瓶子一滚，她摔了一跤……

莱特莉小姐把她背回屋内，然后朝电话机冲去……

* * *

五个小时后，威勒斯回家时，威勒斯太太仍然在等她。她听到汽车开进车道，打开门时，丈夫站在台阶上，衣冠凌乱，迎着灯光眨着眼睛。从结婚到现在，她只有一两次见到丈夫这副模样，于是焦急地抓住丈夫的胳膊。

“查理。查理，亲爱的，生了个什么？不会是……”

“我喝醉了，米莉。对不起，别在意。”他说。

“噢，查理！那孩子是……”

“生理反应，亲爱的。只是生理反应。孩子很好，知道吧。孩子没问题。一点儿毛病也没有。一切完美。”

“噢，谢谢上帝。”威勒斯太太像是在做祈祷一样虔诚地感叹道。

“眼睛是金色的，”她丈夫说，“有点儿怪——但金色的眼睛也没什么，对吧？”

“对，亲爱的，当然没什么。”

“除了金色眼睛，其他都完美。一点儿毛病也没有。”

威勒斯太太帮他脱下外套，领他走进客厅。他一屁股坐进椅子，懒洋洋地坐在那儿，眼睛盯着前方。

“很奇怪，对吧？”他说，“我们担心了这么久。现在一点儿毛病也没有。我——我——我……”他突然流下泪来，双手捂住脸。

威勒斯太太坐在他的椅子扶手上，抱住他的肩膀。

“好了，好了，亲爱的。没事了，亲爱的。结束了。”她把他的脸抬起来，亲了他。

“本来有可能是黑人，可能是黄种人，可能是绿人，甚至可能是猴子。X光还拍不到那么明白。”他说，“如果米德威奇的妇女善待兰姆小姐，在教堂里将是一丝机会。”

“我明白，亲爱的，我明白。但你再也不用担心这个了。你说过，孩子很完美。”

威勒斯医生肯定地点了几次头。

“说得对，很完美。”他又点头重复道。

“只是眼睛是金色的。金色的眼睛也好。完美……羔羊，亲爱的，羔羊会安全地吃草……安全地吃草……噢，上帝啊，我累了，米莉……”

* * *

一个月后，戈登·泽勒比在特雷恩最好的护理院等候室里踱来踱去，他强迫自己停下脚步坐下来。到这个年纪还像这样显得很荒谬，他心里想。毫无疑问，对年轻人来说很正常，但最近几个星期，他觉察到自己已经不再年轻。他觉得比一年前老了一倍。然而，十分钟后，当护士走进来的时候，发现他又在屋子里踱来踱去。

“是个男孩儿，泽勒比先生，”她说，“泽勒比太太特意嘱咐我告诉你，鼻子跟你长得一模一样。”

第十二章
丰　收

七月最后一周一个晴朗的下午，戈登·泽勒比从邮局出来，碰到一家人走出教堂。这家人围着一个女孩，女孩怀里抱着一个白羊毛襁褓包裹的婴儿。她看起来很年轻，还像个学龄女童。泽勒比和蔼地看着他们，对方也朝他笑笑，当他们走开后，他的眼睛盯着这个抱着孩子的女孩儿，略显伤感。

他走近停柩门时，休伯特·利博迪牧师走了过来。

“你好呀，牧师。还在登记新人，是吧？”他说。

利博迪先生跟他打个招呼，点点头，走到他身边。

“不过现在情况正在好转，”他说，“还剩下两三个。”

“离百分之百吗？”

“很接近了。我得承认，我可没料到这一点，但我想他们觉得，尽管事情仍不正常，但确实朝正常迈进了。我很高兴他们这么想。”他若有所思地停顿一下，“这一个，”他继续说道，“年轻的玛丽·希斯顿，她取了西奥多这个名字。我想，是她自己取的。真得说这名字我喜欢。”

泽勒比沉思了一会儿，点了点头。

“我也觉得，牧师。我很喜欢这个名字。而且，你知道，这可是对你的慷慨致敬呀。”

利博迪先生听了很高兴，但摇摇头。

“不是向我致敬，”他说，“玛丽这姑娘给孩子取名‘上帝的礼物’，而没有感到羞愧，这是对全村的致敬。”

“但是必须让村民们看看，该如何以人道的名义行事。”

“团队合作，”牧师说，“团队合作，泽勒比太太就是团队的出色领袖。”

他们默默地走了一段，然后泽勒比说：

“不过，事实情况是，不管这女孩儿怎么想，她遭到了抢劫。一夜之间从少女变成了女人。我觉得这很悲哀。还没来得及展翅飞翔，就错过了真正的诗意年代。”

“有人会同意——但说实在的，我不敢苟同，”利博迪先生说，“积极的诗人也好，消极的诗人也罢，诗人本来没有几个，再说一过童年就结婚生子，倒比我们这个喜欢做作的时代更适合人的性情。”

泽勒比遗憾地摇摇头。

“我想你是对的。我这辈子一直都反对日耳曼人的女性观，但我这辈子见过的妇女中百分之九十给我的印象是她们一点儿都不在乎。”

“有些妇女并没有被抢走任何东西。”利博迪先生说。

“你说得对。我刚探望过奥格尔小姐。她就没有。她或许仍有些惊讶，但很开心。不知为何，你可能会觉得这是她自己发明的戏法。”

他停顿一下，然后继续说：“我爱人说利博迪太太过几天会回家。我们听了非常高兴。”

“是啊，医生们都很高兴。她恢复得很好。”

“婴儿也好吗？”

“是的，”利博迪先生说，语气中有一丝不悦，“她很喜欢婴儿。”

他在门口停下来，门里面是一栋远离道路的大房子的花园。

“噢，对了，”泽勒比点点头，“福莎姆小姐怎么样？”

“现在很忙。刚生了。她还是觉得婴儿没有小狗好玩，但我想她的态度可能有所转变。”

“连最愤愤不平的人态度也有所转变，”泽勒比同意地说，“不过，对我而言，我必须承认，我觉得事情有点儿稀松平常，仿佛战斗结束了。”

“这就是一场战斗，”利博迪先生同意地说，“但是战斗毕竟只是战争的高潮。还会有更多的战斗。”

泽勒比聚精会神地看着他。利博迪先生继续说：

“这些孩子是什么人？他们好奇的眼睛看人的方式有点

奇怪。他们是陌生人，知道吧？”他犹豫一下，又说：“我的这种想法你不一定赞成，但我发现我在不断地想，这肯定是某种试验。”

“谁的试验，试验谁？”泽勒比说。

利博迪先生摇摇头。

“或许我们永远不会知道。但它在一定程度上已经对我们进行了试验。我们本来可以拒绝这种情形，但我们像是对待自己的问题一样接受了。”

“希望，”泽勒比说，“希望我们做得对。”

利博迪先生看起来很惊讶。

“不然还能怎样？”

“我不知道。人们怎么会了解——陌生人？”

这时他们彼此告辞；利博迪先生要去拜访村民，泽勒比则继续一边思考一边漫步。直到他走近绿地时，他的注意力才转向前面，这时他看到布林克曼太太，两人之间还有一段距离。刚才她还推着一辆崭新锃亮的婴儿车朝这边走来；一转眼，她突然停下脚步，无助而又烦恼地看着车里。然后她把婴儿抱起来，走了几码，坐在战争纪念碑的第二级台阶上，解开上衣扣子，把孩子抱在怀里。

泽勒比继续散步。走近时，他举起有点儿摇摇欲坠的帽子。布林克曼太太的脸上出现了烦恼的表情，脸上泛起红晕，但她没有动。然后，仿佛他说了什么似的，她自己辩护说：

“给孩子喂奶很正常，对吧？”

“亲爱的夫人，再正常不过了。这是母亲的职责呀。”泽勒比说。

“那就请你走开吧，”她说着，突然哭了出来。泽勒比犹豫不前，说：“有什么我可以帮……”

“是的，请你走开，”她又说一遍，“你不会觉得我想当众出丑吧？”她含着泪说道。

泽勒比仍然有些犹疑。

“她饿了，”布林克曼太太说，“如果你的孩子是‘迷失日’那天怀上的，你就能明白。请赶紧走开吧！”

现在似乎不是进一步探讨这件事的时机。泽勒比再次举起帽子，顺从地走开了。他皱起眉头继续散步，但他意识到他似乎错过了什么；有些东西他不知情。

走到凯尔庄园车道一半，身后传来汽车的声音，他让到路边，让汽车通过。但是车没有通过，而是在他身边停了下来。他转过身，他本来以为是商店的送货车，但实际上看到的是一辆小型黑色汽车，费雷琳正坐在驾驶座上。

“亲爱的，”他说，“真高兴见到你。我不知道你要来。希望他们没有忘记告诉我。”

但费雷琳的脸上并没有笑容。她的脸色有些苍白，看起来依然十分疲惫。

“没人知道我要来——连我自己都不知道。我不想来，”她低头看着乘客座位上睡篮里的婴儿，说，“是他迫使我来的。”

第十三章
向　心

第二天，先是诺威奇的玛格丽特·哈克斯比医生带着孩子回到村里。哈克斯比小姐已经不是农庄的员工，她两个月前已经辞职，但她仍然去了农庄，要求给她安排住宿。两小时后，戴安娜·道森小姐从格洛斯特带着孩子回到村里，也要求给她安排住宿。她倒还好，还在农庄任职，但距离她休假结束还有几个星期。第三个是波莉·拉什顿小姐带着孩子从伦敦回来，她既悲伤又困惑，请求舅舅休伯特·利博迪牧师收容她。

第二天，又有两名辞职的农庄员工带着孩子回来，她们承认自己已经辞职，但同时明确表示农庄有义务给她们在米德威奇找一间住房。年轻的多莉太太本来待在丈夫驻地附近的德文波特，但下午她莫名其妙带着孩子回到村里，打开村舍的门。

第三天，农庄剩下的一个员工也带着孩子从杜伦赶回村里。她目前也在度假，但她坚称自己需要住房。最后是莱特莉小姐，带着兰姆小姐的孩子回来，她本来已经带着兰姆小姐去伊斯特本疗养。

看到这番景象，大家的心情各不相同。利博迪先生热情欢迎外甥女的到来，仿佛给了他补偿的机会。威勒斯医生感到困惑不安——威勒斯太太也是一样，丈夫急需休假，她担心自己精心安排的假期会化作泡影。戈登·泽勒比像法官在观察有趣的现象一样。随着事态的发展，当前压力最大的自然是克里姆先生。他开始心烦意乱。

伯纳德收到了几份紧急报告。我和珍妮特的报告大体认为大家已经跨越了第一重，也是最艰难的一重障碍，孩子的出生并没有引起全国性的关注。但如果他想继续保密，必须迅速应对新的情况。官方必须全面建立儿童的养育和支持体系。

克里姆先生的报告敦促说问题已经超出了他的控制范围，除非高层干涉，否则很快就会爆发一场巨大的骚乱。

威勒斯医生觉得有必要提交三份报告。一份是医学专业报告，用于存档。第二份报告表明了他的看法，语言比较通俗，是写给普通人看的。报告的主要内容是：

“这个群体百分之百存活了下来——包括三十一名男婴和三十名女婴——这就意味着目前只能进行粗浅研究，但就观察到的特征来看，他们具有以下共同特征：最明显的是眼睛。眼睛的结构比较正常，但是虹膜的颜色，据我所知，独一无二，是明亮、几乎带有荧光的金色，而且所有孩子都是一模一样。

“头发明显柔软纤细，按我的描述，属浅棕色。在显微镜下，头发剖面一边扁平，另一边呈弧形；形状接近字母“D”。从八名婴儿身上采集的标本都十分相似。我没有发现这种发型的记录。手指甲和脚趾甲比普通尺寸略窄，但没有长爪子的迹象——诚然，我以为比正常手指甲和脚趾甲更扁平。枕骨的形状可能有些不同寻常，但现在下结论还为时尚早。

“在此前的一份报告中，我们推测这些孩子可能源自异种移植。孩子们出奇地相似；事实上，他们肯定不是已知物种杂交的结果，结合妊娠的整个过程，我倾向于这种观点。确定血型之后可能会有新的证据——换句话说，要等到血液循环脱离母体独立进行之后。

“我从没发现人类异种移植的案例记录，但我不知道为什么没有这种可能性。当事人当然也有这种想法。受过教育的妇女完全接受这种看法，觉得她们就是宿主母亲，而非真正的母亲；教育程度不高的人则觉得这是一种羞辱，因此选择忽视它。

“总的来说，所有孩子看起来都十分健康，但他们并没有像大家期待的一样出现‘婴儿肥’：头部和身体的比例与年龄稍大的孩子相仿；精细而略带银色光泽的皮肤引起了一些母亲的担心，但所有孩子都一样，对这个群体来说正常。”

读完他的报告之后，珍妮特严肃地要他做出解释。

“看这儿，”她说，“所有的母亲和孩子都回到村里——所有这些意念受到驱动的事情，怎么解释？你不能忽略这些。”

“癔病可能会引起群体幻觉——这可能只是暂时的。”威勒斯说。

“但是所有的母亲，不论受教育程度如何，都反映说孩子们有能力而且事实上驱动了她们的意念。离开这儿的母亲并不想回到这里；她们回来是迫不得已。我跟所有人都谈过，大家都说她们突然变得焦虑——感觉身不由己，她们清楚只有回到这里才能消除忧虑。她们反映的情况各有千秋，似乎她们受到影响的方式不同——一个说感到窒息，另一个说感觉像是饥饿或者干渴，还有一个说感觉像是受到巨大的噪声骚扰。但是，无论是什么方式，她们都觉得与孩子有关，唯一的解决办法就是回到这里。

“兰姆小姐也是这样。她也有这种感觉，但当时她正卧病在床，不可能来这里。你知道接下来发生了什么吗？这种驱动转移到莱特莉小姐身上，她坐立不安，直到她代理兰姆小姐将孩子带回这里。她一停下车，把孩子交给布兰特太太，就感到如释重负，安然返回伊斯特本的兰姆小姐身边。”

“如果，”威勒斯医生沉重地说，“如果我们对老太太——或者年轻妻子的传言信以为真，如果我们还记得女性的大多数工作都无比枯燥，因此她们的心灵十分空虚，哪怕撒下最微不足道的种子都会疯狂生长，我们就不会对这样的人生观感到惊讶，这种人生仿佛噩梦一般，不平衡、不合理，它只有象征性的意义，而没有真正的意义。

“现在，我们面对的是什么情况？一起荒诞不经但至今难以解释的事故，许多妇女沦为受害者：她们生下的孩子与别的孩子不一样。我们看待问题已经习惯非此即彼，女人都希望自己的孩子一切正常，与此同时，又要比别的孩子高出一等。好吧，倘若任何一个女人带着孩子离开这里，她就会明显感到，她长着金色眼睛的孩子与别的孩子相比并不正常。她的潜意识里出现了自我保护，直到她必须承认这个事实，或者必须让情况显得自然。要想让事情显得自然，最简单的办法就是为不正常的孩子创造一个环境，让他看起来正常——如果有这种地方的话。在这件事上，正好有这么个地方，而且只有一个——那就是米德威奇。于是她们带上孩子，回到村里，截至目前，一切自然。”

“我觉得，这么说倒是有点儿在理，”珍妮特说，“但韦尔特太太呢？”

她指的是，布兰特太太一天早上去了韦尔特太太的商店，发现她正用别针不停地扎自己，一边扎一边哭。布兰特太太一看情况不对，赶紧拉着她去看威勒斯医生。医生给韦尔特太太注射了镇静剂，等她恢复之后解释说，她给婴儿换餐巾时，用别针扎了他一下。然后，据她说，孩子就用金色的眼睛盯着她，迫使她用针不停地扎自己。

“哟，是吗！”威勒斯反驳道，“这只是再典型不过的癔症造成悔恨的案例——类似的表现还有苦行或者自残。”

“那哈里曼也是悔恨吗？”珍妮特坚持说。

有一天哈里曼突然出现在威勒斯的诊所，情况十分糟糕。他的鼻子断了，几颗牙齿脱落，还有两只熊猫眼。据他说，他被三个人揍了——但没有人见过这些人。相反，村里有两个男孩说他们从窗户里看到哈里曼愤怒地用双拳捶打自己。——第二天有人发现哈里曼家的婴儿一侧脸上有一处淤青。

威勒斯医生耸耸肩。

“就算哈里曼说他被一群粉色大象揍了，我也不会觉得惊讶。”他说。

“如果你不打算写进去，我就再写一份报告。”珍妮特说。

她言出必行。她在报告中总结说：

“除了威勒斯医生之外所有人都觉得这不是癔病，而是事实。

“依我看，这种情况应该引起重视，而不应该寻找借口。需要查清楚，弄明白。有些意志薄弱的人可能会信奉迷信，觉得有魔力在作祟。这纯粹是无稽之谈，对大家都没有好处，只会被泽勒比所谓的‘地下巫婆’所利用。应该展开公正的调查。”

展开调查——哪怕一般性的调查，正是威勒斯医生第三份报告的主要内容，他的这份报告以抗议的形式收尾：

“首先，我不明白军事情报处为什么会关心这件事；其次，他们显然只关心这件事，这让人难以容忍。

“这是可耻的错误。应该对这些孩子进行彻底研究——当然，我在做记录，但这只是一个普通医生的观察。应该派一队专家来接手。我在孩子出生前保持沉默是因为我当时觉得，现在我依然觉得，那样对大家更好，尤其是对母亲更好，但现在已经没有这种必要。

“人们已经习惯了军方干涉许多科学领域——很多情况下完全没有必要——但这一次尤其荒唐！面对这样的现象竟然一再掩饰，以至于它根本没有引起注意，这简直无异于丑闻。

“就算这不是简单的妨碍，它仍然是一桩丑闻。如果有必要，按照《国家机密法案》的规定，一定可以采取措施。成长对比研究的绝佳机会就这样被白白浪费。

“想想看，光是观察五胞胎和四胞胎，我们费了多大周折，再看看我们这里的研究材料。六十一名相似婴儿——他们长得那么相像，连他们的母亲都难以分辨（她们会否认这一点，但这是事实）。想想可以开展多少工作：对环境、条件、联系、饮食等因素进行比较研究。现在的情况无异于焚毁还没有完成的书稿。机不可失，必须采取行动。”

收到这些抗议之后，伯纳德迅速来到村里，进行了一下午激烈的讨论。直到他承诺敦促卫生部迅速采取实际行动，讨论的气氛才有所缓和。

* * *

其他人离开后，他说：

“既然官方对米德威奇的兴趣会越来越公开，似乎很有必要——而且，实际上，这么做可能有助于避免以后的尴尬——获得泽勒比的同情。你能安排我和他见面吗？”

我打电话给泽勒比，他一口答应了，于是晚饭之后我带伯纳德去凯尔庄园，留下他们两个人交谈。几个小时后他回到我们的村舍，看上去若有所思。

“现在，”珍妮特问，“你觉得米德威奇的圣人怎么样？”伯纳德摇摇头，看着我。

“他让我开始反思，”他说，“你的大部分报告都很出色，理查德，但我怀疑你是否明白了他的意思。哦，有很多唠叨听起来像是空话，我知道，但你给我讲的主要是态度，并没有什么实质。”

“如果我误导了你，我很抱歉，”我承认道，“泽勒比的问题是，他说的话经常难以捉摸，而且引经据典。他说的话没有多少是值得报告的事实；他喜欢顺带提及一些事情。等你回过神来，不知道他的话到底是经过深思熟虑，还是简单设想——而且，你也不知道有多少是他暗示的，有多少是你自己推断的。这让事情变得很复杂。”

伯纳德同意地点点头。

“现在我明白了。我刚才深有体会。他最后花了十分钟告诉我，他最近开始思考，从生物学角度来说，文明是不是一种堕落。接着，他又说，智人和其他物种之间的差距是不是太大；他觉得，如果人类发展不得不与其他一些智人或者半智人竞争会不会好些。我敢肯定他说的东西并非完全不相关——但我死也不能明白其中的相关性。不过有一点很明显，尽管他看起来很古怪，许多事情他说得不错……顺便说一句，在派遣专家接手方面，他和医生的立场十分一致——尤其是有关'意念驱动'这件事，但他的理由恰恰相反：他不觉得这是癔病，他急切想知道其中的原因。

"顺便说一下，有件事你好像漏了——你知不知道，前几天他女儿试图开车带孩子出去？"

"不知道，"我说，"你说的'试图'，是什么意思？"

"开了大概六英里，她不得不掉头回来。他不喜欢这样。他是这么说的：孩子拴在妈妈的围裙上固然不好，但妈妈拴在孩子的围裙上更加严重。他觉得是时候采取行动了。"

第十四章
麻　烦

由于各种原因，过了差不多三周，艾伦·休斯才得空趁着周末回来，所以泽勒比要采取的措施不得不推迟到那个时候。

这时，村里人都已经发现孩子们不想离开社区的现象。这件事很讨厌，因为孩子的母亲去特雷恩或者别的地方时，必须找人照顾他们，但这还不算严重——这更像是个怪癖；只是这些婴儿造成的诸多不便中的一个而已。

泽勒比倒不觉得事情这么简单，但他一直等到周日下午才将这事告诉他女婿。他把艾伦领到草坪一棵雪松树下的躺椅边，这样就不会有人听到他们的谈话。刚坐下他就一反往常直奔主题。

“我想说的是，孩子，如果你能把费雷琳从这儿带走，我会很高兴。我看，这事儿越快越好。”

艾伦一脸惊讶地看着他，然后轻轻皱起眉头。

“我呢，倒是很乐意让她跟我在一起。”

“当然了，亲爱的朋友。谁都看得出来。但此时此刻，我担心的不仅是你们的私事；我考虑的不是你们想要什么，而是必须做什么——这么做是为了费雷琳，不是为了你。”

“她想离开这儿。她试过一次。”艾伦提醒他。

“我知道。但她想把孩子带上，结果孩子把她带了回来，就像此前孩子把她带来一样，而且，如果她继续尝试，孩子还会把她带回来。所以你必须带她走，不要带孩子。如果你能劝她这么做，我们可以安排人照料孩子。现在的情况是，如果孩子不跟她在一起，除了母子之情，它就不能施加更大的影响。”

“可是威勒斯说……”

“威勒斯是虚张声势，以免自己害怕。他是自欺欺人。我觉得他如何诡辩来安慰自己都无关紧要，只要不把我们这些人牵扯进来就好。”

“你的意思是说，他所谓的癔病并不是费雷琳和大家回到这里的真实原因？”

“哈，什么是癔病？癔病是神经系统功能紊乱。当然，许多妇女的精神都经受了巨大的压力，但威勒斯的问题是他还没有起步就停滞不前了。他不是直面问题，实事求是地思考为什么会出现这种反应，而是为长期存在的焦虑寻找说辞，然后躲在由这种说辞构成的烟幕之中。我不怪他；他经历了太多，需要好好休息一下。但这并不意味着我们必须让他掩盖事实，他现在正想这么做。比方说，尽管他已经亲眼看到，但他拒绝承认，每一次所谓的‘癔病’暴发，总有孩子在场。”

“真是这样吗？”

“无一例外。只有当孩子在附近时这种意念驱动才会发生。把孩子和母亲分开——或者说把母亲从这些孩子身边带走——这种驱动就会立即减弱，并最终消失。对有些人来说，消退时间会相对长一些，但事实就是这样。”

“可我不明白——我的意思是，这是怎么回事呢？”

“我不知道。有人认为，这有点像催眠术，但是，无论是什么原理，我确信这种影响是孩子主观故意施加的。可以看看兰姆小姐的例子：当兰姆小姐有病在身无法屈从这种意念时，意念驱动迅速转移到莱特莉小姐身上，之前莱特莉完全没有感觉，结果孩子如愿以偿回到这里，就像其他孩子一样。

“自从他们返回村里，没人能把他们带离米德威奇六英里外的地方。

“威勒斯说的是癔病。一个女人得了癔病之后，其他人会不自觉地接受，并表现出同样的症状。但如果把孩子放在邻居身边，母亲就可以去特雷恩或者别的地方，毫无阻碍。对这一点，威勒斯解释说只是因为她一个人的时候，她的潜意识还没有期待别的事情发生，所以不会发生。

“但我要说的是，费雷琳不能带孩子走；但如果她决心离开，把孩子留在这儿，没人会阻止她。你的任务就是帮她下定决心。”

艾伦考虑了一阵。

“有点像是最后通牒——让她在孩子和我之间做出选择？这有点难，也有点……嗯……事关重大，是吧？”

“亲爱的朋友，孩子已经发出最后通牒。你必须澄清事实。除非你向孩子的挑战屈服，也搬到这里来住。”

“但我做不到。”

“那就好办了。几个星期以来，费雷琳一直在回避这个问题，但她迟早要面对。你的任务首先是让她认识到这个障碍，帮助她跨过去。”

艾伦迟缓地说：

“这个要求很过分，不是吗？”

“但是另外一个要求对一个男人来说不也很过分吗——如果孩子不是他亲生的话？”

“嗯。”艾伦应道。

泽勒比继续说：“这其实不算是她的孩子，否则我也不会这么说。费雷琳和大家都是这起事故的受害者：她们都被欺骗了。一个精心设计的骗局把她们变成了兽医们所说的宿主母亲；这种关系比养子的关系更加亲密，但本质相似。这孩子绝对与你们两个人都没有关系——只是不知为何，她被赋予抚养的责任。它与你们的关系很远，与现有的种族分类都对应不上。连威勒斯都承认这一点。”

“可是，如果这属于未知情况，这种现象不是——我们的祖先并不像威勒斯一样盲目崇拜科学教条——他们倒是有个词：他们把这种现象叫‘调包的婴儿’。这种事在他们看来并不像我们看来那样奇怪，因为他们只需要容忍宗教教条主义，而宗教的教条主义并不像科学的教条主义那么教条。

“调包的想法一点都不新奇，它既古老又普遍，不可能无缘无故、没有证据的情况下出现并延续。诚然，人们没有见过如此大规模的调包，但是在这件事上，数量并没有影响事情的性质；它只是证实了这一点。我们这里所有六十一名金眼儿童都是入侵者，是换生灵：他们是布谷鸟儿童。

“现在，对这些布谷鸟来说问题的关键不是它们的蛋是怎么放到巢中，也不是为什么选择了这个巢；关键问题是孵化之后——下一步它要做什么。说到这里，不管它要做什么，它的动机就是生存，这种本能的主要特征就是冷酷无情。”

艾伦思考片刻。

“你真觉得这么类比恰当吗？”他不安地问。

“我很确定。”泽勒比断言。

两人沉默了一阵，泽勒比仰躺在椅子上，双手枕在脑后，艾伦茫然地盯着草坪。“好吧，”最后他说，“我想大多数人都希望孩子出生后事情会好转。我承认现在情况并非如此。但你觉得会发生什么？”

“我只是推测，还说不准——但肯定不是什么好事，”泽勒比回答道，“布谷鸟之所以能够生存，就是因为它生性残忍，而且目标明确。这就是我让你把费雷琳带走的原因——让她置身事外。”

“不管怎么样，这件事不会有什么好结果。你得尽最大努力让她忘记这次调包，重新过正常的生活。毫无疑问，一开始会很艰难，但如果她有一个真正属于自己的孩子，就不那么难了。”

艾伦揉了揉额头上的皱纹。

“真的很难，”他说，“不管发生了什么，她的确倾注了母亲的感情——嗯，这是一种身体上的联系，一种责任感，知道吧。”

“那当然，过程就是这样。这就是为什么可怜的母鸟累死累活养育贪婪的布谷鸟雏鸟。这是一场骗局，我已经说过——这是对自然习惯的无情利用。这对一个物种的延续具有重要意义，但毕竟在文明社会我们不能向所有的自然倾向屈服，对吧？在这件事上，费雷琳必须利用更高级的本能拒绝盘剥。”

“如果，”艾伦迟缓地说，“假如安吉拉的孩子也是其中之一，你会怎么做？”

“我建议你对费雷琳怎么做，我也会对她怎么做。我会切断与米德威奇的联系，卖掉房子，尽管我们对房子感情很深。即使她没有牵涉其中，我也可能会这么做。这要看事态的发展。边走边看。前景不明，但我不在乎逻辑推断。

所以，费雷琳越早离开这里，我就越高兴。我不打算亲口告诉她。一方面，这是你们两个之间的事；另一方面，在形势还不太明朗的情况下就下结论也不免出错——弄得大家紧张兮兮。你来说倒是顺理成章。不过，如果你觉得困难，需要什么来扭转局面，我和安吉拉会全力支持。"

"希望不必如此——我想不会到那一步。我们都明白不能继续这样下去。既然你已经推了我一把，我们会解决好。"

他们继续坐了一会儿，陷入沉思。艾伦感觉他零碎的感觉和疑虑集中起来，迫使他采取行动，于是感到如释重负。他也很感动，因为在他以前和岳父的谈话中，岳父从未如此坚决地拒绝一个又一个诱惑，坚持自己的意见。而且，他的心里产生各种有趣的猜测。他正准备说出来，但看到安吉拉穿过草坪朝他们走来，便打消了念头。

她坐在丈夫另一边的椅子上，要了支烟。泽勒比递一支给她，掏出火柴。他看着她吸了几口。

"有问题吗？"他问。

"不知道。我刚给玛格丽特·哈克斯比通了电话。她走了。"

泽勒比扬起眉毛。

"你是说，离开了？"

"是的，她是从伦敦打来的。"

"噢。"泽勒比说着陷入了沉思。艾伦问玛格丽特·哈克斯比是谁。

“哦，对不起。你可能不认识她。她是克里姆先生手下的一位女职员——以前是。我看是最聪明的一个吧。她是玛格丽特·哈克斯比医生——伦敦的博士。”

“她也是受害者？”艾伦问道。

“对，而且是火气最大的一个，”安吉拉说，“现在她已经下定决心跑路，一走了之——把孩子扔给米德威奇。确实。”

“但是你怎么会接到电话，亲爱的？”泽勒比问。

“哦，她觉得最好正式告知我。她说她已经打过电话给克里姆先生，但他今天不在。她想给孩子做个安排。”

“孩子在哪儿？”

“在多莉太太家里。”

“她就这么拍屁股走人了？”

“是啊。多莉太太还蒙在鼓里呢。我得赶紧去告诉她。”

“这下麻烦了，”泽勒比说，“弄不好收容她们的家庭会出乱子。一夜之间她们都会扔下孩子。我们能不能拖一拖，等克里姆回来看怎么应对？毕竟，他的员工不该由村里管——不能全部交给村里管。而且，她可能会回心转意。”

安吉拉摇摇头。

“我觉得她不会。她可不是一时冲动。实际上，她经过深思熟虑。她原话是这么说的：她从来都不想回米德威奇，她是被派来的。既然他们把她派到黄热病疫区，就得为后果负责；既然把她派到这里来，出现这种情况并不是她的错；现在后果由他们负责。”

“嗯，”泽勒比说。“我觉得政府部门不会接受这种比喻，但是……”

“不管怎么说，这是她的看法。她完全断绝与这孩子的关系。她说再也不会理会这孩子，这简直就像有人把孩子扔在她门前台阶上一样，因此她再也没有理由忍受对她的生活、工作的破坏。”

“结果是这孩子现在被丢给教区——除非她同意出钱。”

“当然，我提了这个要求。她说村里和农庄可以分摊；但她不会。她一个子儿都不会出，因为出钱从法律上讲就意味着承认责任。然而，如果多莉太太或者别的好心人愿意照顾孩子，会有人不定期地匿名寄来每周两英镑的费用。”

“你说得对，亲爱的。她已经过深思熟虑；这事得妥善处理一下。如果处理不妥会造成什么后果？我看必须确定孩子的抚养责任。怎么做呢？报告救济官员，发法院指令给她，你觉得呢？”

“我不知道，但她对此早有预料。如果真这样做，她已经准备好了打官司。她说医学证据可以证明孩子不可能是她的；因而她会辩解说，在她不知情而且未同意的情况下她就成了代孕母亲，她不应该承担责任。如果这样不成，她还可以起诉部里，说部里失职对她造成危害，说部里纵容性侵，甚至说部里诱使妇女卖淫。具体怎么回事，她不知道。”

“可别这样，”泽勒比说，“这样的指控就有看头了。”

“嗯，她觉得似乎没必要走到这一步。”安吉拉承认说。

“我觉得她说得很对，”泽勒比同意地说，“我们已经尽力，但官方为了保密也在暗地里花费了大力气。反驳法庭指令的证据对各国记者来说也很有吸引力。实际上，不管怎样，发布这样的指令很可能会给哈克斯比医生带来巨大财富。可怜的克里姆先生，还有可怜的韦斯科特上校。恐怕他们会很担心。我不知道在这件事上他们有什么权力？”他陷入沉思，过了一会儿又说：

“亲爱的，我刚还让艾伦把费雷琳带走。这样看来，这件事刻不容缓。一旦大家得知消息，可能会纷纷效仿，你觉得呢？”

“这可能会促使有些人下定决心。”安吉拉同意地说。

“这样一来，假如有很多母亲做出同样的选择，有可能采取措施阻止大家抛弃孩子，你觉得呢？”

“可是，就像你说的，他们不想公开呢？”

“我不是说官方会采取措施，亲爱的。不是，我是说如果孩子们不想被抛弃，就像他们不想被带离村庄一样，会怎么样？”

“你该不会是想……”

“我不知道。我只是尽力从布谷鸟雏鸟的角度思考。这样的话，我肯定不喜欢任何可能影响我的舒适和福祉的事。实际上，即使不是布谷鸟，也能体会这种感觉。我只是提个建议，知道吧，但我觉得有必要确保如果发生这样的事，费雷琳不会被困在这里。”

“不管会不会发生，她最好离开，”安吉拉同意说，“你可以提议她离开两到三周时间，我们且走且看。”她对艾伦说。

“很好，”艾伦说，“这倒是个开口的机会。她在哪儿？”

“她在阳台上。”

泽勒比夫妇看着他穿过草坪，消失在拐角后面。戈登·泽勒比对妻子扬起眉毛。

“不会太难，我想，”安吉拉说，“她自然渴望和他在一起。但对孩子的责任感成了她的羁绊。这种矛盾对她造成了伤害，让她精疲力竭。”

“她到底有多爱孩子？”

“这很难说。在这方面，女人面临的社会和传统压力太大。一个人的自卫本能就是遵从既定模式。个人的诚实，如果可能存在的话，需要时间来体现。”

“费雷琳不会也这样吧？”泽勒比有些伤心。

“哦，会的，肯定会的。但她还没有到那个地步。这有点儿不好面对，知道吧。她经历了会带来各种不便和不适的怀孕过程，孩子就像是她的骨肉——现在呢，她要接受孩子与她没有血脉联系，她只是所谓的‘宿主’母亲。这肯定需要时间。”

她停了下来，若有所思地朝草坪外看去。“我现在每天晚上都会做感恩祈祷，”她补充说，“我不知道该对谁感恩，但我只想表明我心存感激。”

泽勒比伸手握住她的手。过了几分钟，他说：

“我不知道还有没有比‘大自然母亲’更愚蠢、更无知的不当措辞？因为大自然无情、丑恶、惨无人道，所以才有必要创造文明。人们觉得野生动物是野蛮的，但比起海上求生者的歹毒，最凶猛的动物也会相形见绌；至于昆虫，它们只有依赖令人恐怖的复杂过程才得以维系生存。没有什么比‘大自然母亲’所暗示的舒适感觉更加荒谬的了。每一个物种都必须为生存奋斗，它必须竭尽所能，无论手段多么邪恶——除非这种生存的本能与另一种本能相冲突。”

安吉拉抓住机会，有些不耐烦地插话说：

“看来你又有新发现了，戈登。”

“是的，”泽勒比承认说，“我又想到布谷鸟。布谷鸟是坚定的求生者。它们的决心如此坚定，一旦巢穴被它们占据，就只有一个选择。你知道，我是个仁慈的人，甚至可以说是个生性善良的人。”

“可以这么说，戈登。”

“我还有一个缺点，我是个文明人。由于这些原因，对于必须采取的措施，我感觉很难接受。其他人也是，即使我们意识到这是明智之举，也下不了手。所以，就像可怜的画眉母鸟一样，我们会喂食和哺育这个怪物，背叛我们自己的族类……”

“很奇怪，对吧？我们可以溺死一窝对我们毫无威胁的小猫——却要精心饲养这些怪物。”

安吉拉一动不动地坐了一会儿。然后她转过脸，凝视着他。

“你是说真的——有必要这么做，对吗，戈登？”

“对，亲爱的。”

“这可不像你呀。”

“我已经说过。然而，这种情况我以前从未遇到过。我觉得‘活着，也给别人留条生路’只有在自觉安全的境况下才能实现。我现在发现，当我觉得——我从没想过会这样——我在万物之巅的地位受到威胁，我一点儿也不喜欢这句话。”

“可是，戈登，亲爱的，这肯定有点儿小题大做了。毕竟，他们只是一群不同寻常的孩子……”

“但他们为了实现自身的意愿，能随意让成熟女性——别忘了，还有哈里曼——陷入精神错乱。”

“等他们长大，可能就没事了。我们听说过一些反常的领会，一种通灵的同情……”

“可能有个别这种情况。可这里有六十一个相互关联的案例！不，他们不存在温柔的同情，也没有任何荣耀可言。他们是人们见过的最务实、最聪明、最沉默寡言的孩子——也是最自命不凡的孩子，难怪——他们能要风得风，要雨得雨。只是目前他们还年幼，不会要求太多，但是以后——嗯，我们会看到的……”

“威勒斯医生说——”他妻子开了口，但泽勒比不耐烦地打断她。

“威勒斯开始的表现很棒——所以，他现在把自己弄得像只该死的鸵鸟就不足为奇了。他对癔症执迷不悟，已经到了病态的程度。希望度假对他有好处。”

“可是，戈登，他至少是在寻找解释。”

“亲爱的，我是个耐心的人，但不要把我逼急了。威勒斯从没有寻找解释。他只是在别无选择时接受一些事实；别的事实他则尽力辩解——这是完全不同的。”

“但肯定有个解释。”

“当然。”

“那你觉得是什么？”

“我们必须等孩子长大一些，显现出一些迹象。”

“可你有想法吗？”

“恐怕不是什么好主意。”

“到底是什么主意？”

泽勒比摇摇头。“我还没准备好，”他又说，“不过既然你是个谨慎的人，我要问你一个问题。如果你想挑战一个比较稳固、装备齐全的社会的霸权，你会怎么做？你会按照它的方式发动一场代价高昂、极具破坏力的战争吗？或者，在时间允许的情况下，采取更加巧妙的策略？具体一点儿，你会不会设法引入第五纵队，从内部进攻？”

第十五章
问　题

接下来几个月，米德威奇发生了许多变化。

威勒斯医生将诊所交给代理医生——危机期间这个年轻人一直当他的助手，威勒斯不仅感到身心疲惫，而且对当局十分厌恶，他在威勒斯太太的陪伴下出去度假，据说是要环游世界。

十一月，流行感冒夺走了三名老人和三个“迷失日”孩子的生命，其中包括费雷琳的男孩。家人赶紧向她报信，她火速赶了回来，但还是没有见上最后一面。另外两个都是女孩。

然而，在此之前很久，农庄里发生了轰动一时的撤离。组织工作颇费了一番周折：研究人员星期一收到消息，星期三货车抵达，到周末整栋建筑和奢侈的新实验室已经人去楼空，村民们仿佛观看了一场无声的魔法表演，克里姆先生和他的职员也悉数撤离，只剩下四个金眼婴儿，等待有人领养。

一星期后，身材干瘪的弗里曼夫妇搬进村里，住进克里姆先生腾出的房子。弗里曼介绍说他是医学人员，主攻社会心理学。他的妻子似乎也是一名医学博士。据我们谨慎打探，他们是代表某官方机构来这儿研究这些儿童的成长。这很可能是真的，因为他们不停地在村里潜行、窥探，时不时潜入别人家里，还经常坐在绿地的椅子上，凝重而警惕地思考。他们行事十分谨慎，简直像是在实施什么阴谋，因此他们才来一个星期，就遭到大家的厌恶，大家都觉得他们爱管闲事。但是，他们十分顽强，面对挫折坚持不懈，直到最后得到接受。

我向伯纳德确认过。他说这对夫妇与他的部门无关，但他们确实接到任命。我们觉得，威勒斯焦虑地建议对这群孩子开展研究，如果到头来只有这个结果，那幸好他不在这里。

泽勒比像我们所有人一样，向他们提出了一些合作的建议，但没有任何进展。有关部门选派的人的确谨慎，但我们觉得，谨慎固然重要，如果他们更擅长与社区居民打交道的话，就可以轻而易举地获得更多信息。当然，据我们所知，他们可能在向某个机构提交有用的报告。我们能做的就是让他们按照自己的方式潜行。

无论这些孩子多么有趣，从科学上讲，他们只有一岁，还无法引起更进一步的担忧。除了继续抵制将他们带离米德威奇外，他们的意念驱动力量还相对有限，也不经常使用。正如泽勒比所言，只要没有人忽略他们或者违背他们的意愿，他们会格外理智和自立。

这个阶段，老太婆们的不祥预兆并没有显灵，而且，从另一方面看，泽勒比几乎同样悲观的预测也没有应验。时间流逝，村里令人意外地平和，我和珍妮特，还有不少人都开始怀疑，我们是不是被人误导，即使这群孩子的异常特征没有消失，随着年龄的增长它也会开始消退，变得无关紧要。

此后，接下来的夏天，泽勒比有一个发现，尽管弗里曼夫妇一直在密切监视，但他们忽略了这一点。

一个阳光温暖的下午，他来到我们家，毫不留情地将我们拉了出去。我抱怨说他打断了我的工作，但他并不在乎。

“我知道，亲爱的朋友，我知道。我收到出版商的一张照片，他眼里含着泪水。但这很重要，我需要可靠的证人。”

“证明什么？”珍妮特毫不客气地问。但泽勒比摇摇头。

“我不需要什么重要的证词，也不是培养什么细菌。我只想让你们观察一个实验，自己下结论。这，”他在口袋里翻找，“这是我们的仪器。”

他在桌上放下一只半个火柴盒大小的装饰木盒和一

些智力拼图，拼图中有两只弯曲相连的钉子，转到合适的角度，钉子会分开。他拿起木盒，摇了摇，听见里面发出响声。

“里面是麦芽糖，”他解释说，“这是日本人发明的玩意儿。看起来没有开口，当你把镶嵌的部分滑到一边，就可以轻而易举地打开盒子，里面装的是麦芽糖。只有日本人知道为什么要造这么个东西，但是，不管怎样，我想能把它派上用场。现在，你们看我们应该先找哪个男孩做实验？”

“这些孩子都还不到一岁呢。”珍妮特有些冷淡地说。

“除了实际年龄之外，想必你们都知道，他们在各方面都相当于发育健康的两岁孩子呢，”泽勒比反驳说，“再说，我这不是要测他们的智商……或者，是不是？”他犹豫地停下来，“我得承认，我也不确定。但是，没关系。说个名字吧。”

“好。布兰特太太的孩子吧。”珍妮特说。于是我们去了布兰特太太家。

布兰特太太领着我们走进她家的小后花园，孩子正在草坪上的游戏围栏里。正如泽勒比所言，他看上去简直像两岁的孩子，聪明伶俐。泽勒比把小盒子递给他。孩子接过盒子，看了看，听到盒子响，高兴地摇了摇。我们看到，他发现那是个盒子，试图打开但没有成功。泽勒比让他继续玩了一会儿，掏出一颗麦芽糖，把盒子换了回来。盒子仍然关着。

“我不知道这说明了什么。”我们离开的时候，珍妮特说。

“耐心点儿，亲爱的，”泽勒比责备地说，“下一个找谁，还找个男孩？”

珍妮特说到牧师家比较方便。泽勒比摇摇头。

“不好。波莉·拉什顿的女儿可能也在。”

“这有关系吗？搞得这么神秘。”珍妮特说。

“我要让我的证人心服口服，”泽勒比说，“再说一个吧。”

我们指定多莉太太的孩子。在她家里，泽勒比如法炮制，但孩子玩了一会儿盒子之后，泽勒比把盒子递给他，抬头期待地看着他。泽勒比没有接，而是向孩子演示如何打开盒子，然后让孩子自己打开，取出糖果。于是，泽勒比又拿了一颗麦芽糖放进盒子，把盒子关上，递给孩子。

“再试试吧，”他说，我们看到孩子轻而易举打开盒子，又拿了一颗糖。

“现在，”离开时泽勒比说，“我们回到一号展品，布兰特家的孩子。”

还是在布兰特太太的花园，泽勒比像之前一样，把盒子递给游戏围栏里的孩子。孩子急切地接过盒子。他毫不犹豫地找到可以打开的镶嵌部分，取出糖果，仿佛他已经开过多次。泽勒比看着我们目瞪口呆的表情，高兴地眨着眼睛。他又把盒子拿过来，重新装上糖果。

“好吧，”他说，“请再说一个男孩的名字。”

我们在村里前前后后去了三家。没有一个孩子对盒子表现出困惑。他们好像对盒子很熟悉似的，打开盒子，迫不及待地拿出里面的糖果。

“很有意思，对吧？”泽勒比说，“我们试试女孩吧。”

我们又重复了之前的过程，不过这次直到第三个女孩，他才展示开盒的诀窍。此后，一切都和之前一样。

“很有趣，对吧？”泽勒比兴高采烈地说。

“想不想让他们试试钉子拼图？”

“以后再试吧，”珍妮特说，“现在我想喝茶。”于是我们把泽勒比领回家。

“盒子的主意不错，”泽勒比一边得意，一边狼吞虎咽地吃着黄瓜三明治，“简单，无可争辩，而且进展顺利。”

“你是不是已经在他们身上做过别的实验？”珍妮特问。

“嗯，做过很多。但是有些太复杂了，其他实验又缺乏结论性——而且，一开始我还没有掌握情况。”

“那现在你掌握情况了吗——因为我还没什么头绪？”珍妮特说。他看着她。

“我倒是觉得你肯定已经明白——理查德肯定也看出来了。你们别不好意思说。”他又拿了一片三明治，疑惑地看着我。

“我觉得，”我说，“你想让我说，你的实验证明一个男孩学到知识，所有男孩就都知道，但女孩不知道；反之亦然。好吧，从表面上看就是这一点——除非这里有什么陷阱。”

“亲爱的朋友——！”

“嗯，你得承认，实验结果一下子很难接受。”

“我明白。对。当然，我也是一步一步弄明白的。”他点头说。

“可是，”我说，“这就是我们要推断的结果吗？”

“当然啦，亲爱的朋友。这还不明白吗？”他从口袋里掏出连在一起的钉子扔在桌上，“你们自己拿去试试吧——或者，你们也可以自己设计一些实验，测试一下。你们会发现推论——至少初步的推论——肯定是这样。”

“要充分领会还要花些时间，”我说，“但是我们可以看看我现在得到的假设——”

“等会儿，”珍妮特插嘴说，“泽勒比先生，你的意思是不是我告诉一个男孩什么事，其他男孩也都知道？”

“肯定是这样——当然，只要你说的事他们这个年龄能够理解。”

珍妮特的表情十分怀疑。

泽勒比叹了口气。

“还是老问题，”他说，“处死达尔文，也不能磨灭进化论。但是，我说过，你们可以自己做试验。”他转向我，“你就准备让假设……”他暗示道。

“对，”我同意地说，“你说过这只是初步推断。下一步是什么？”

“我本来以为仅这一点就足以颠覆我们的社会制度。”

“这会不会像——我的意思是，像双胞胎之间一样，一种更加高级的心有灵犀？”珍妮特问。

泽勒比摇摇头。

“我看不是——或者说它已经有所发展，具备了新的特征。而且，我们这里不是一个群体；我们这里有两个不同的群体，相互之间显然没有联系。果如其然的话，接下来的问题就是：这些孩子在多大程度上是个体？我们可以看到，每一个在物理上都是一个个体——但他在别的方面是否也是如此？如果他在共享群体的意识，而不需要像我们一样与别的个体进行交流，那他有没有自己的意识，有没有我们所谓的独立个性？我想他不会有。很明显，如果甲、乙和丙共享意识，那么甲表达的思想也是乙和丙的思想，乙在特定情形下的行为也正是甲和丙在这种情形下的行为——除非两者的物理环境存在差异，这种差异可能较大，因为行为很容易受个体的腺体和其他方面的影响。

“换句话说，如果我问一个男孩问题，无论我选谁来回答，得到的答案都一样；如果我让他做出行为，可能总体上也会得到相同的结果，但是身体协调性比较好的孩子可能会做得更成功——而实际上，由于这些孩子十分相似，这种差别微乎其微。

“但我要说的是：回答问题、做出行为的不是个体，而是集体。由此出发，会产生许多问题，有许多含义。”

珍妮特皱起眉头。“我还是不明——”

“我这么说吧，”泽勒比说，“摆在我们面前的，看起来是五十八个独立的个体。但表象极具欺骗性，我们发现实际上只有两个实体——一个男孩，一个女孩。但是男孩有三十个独立的物理组成部分；女孩有二十八个组成部分。”

大家一阵沉默。

“我觉得这有点儿让人费解。”珍妮特说，她这么说只是轻描淡写。

“对，当然啦，”泽勒比同意地说，“我也觉得。”

“看吧，”我又停了一下说，“你这么说是认真的吗？我的意思是，你不是开玩笑吧？”

“我是实事求是——我已经向你们展示了证据。”

我摇摇头：“你只是展示了他们能用我不理解的方式交流。从这个事实到你的‘非个体’假设之间存在较大的跳跃。”

“单凭这个证据，可能存在这个漏洞。但你们肯定记得，这只是一次试验，我已经做过多次试验，没有一次与我称之为‘集体-个体主义’的理论相矛盾。而且，这种现象本身并不像乍一看那样奇怪。这是一种相当成熟的进化方法，可以扬长避短。许多物种表面像是由个体组成，实际上都是群落——许多物种脱离群落根本没法生存，在群落中它们看起来像是个体。最典型的例子就是那些低等生命，但没有理由只有低等生命才有。许多昆虫也有类似群落。物理原理阻止它们体型增大，因此它们通过集体行动提高效率。我们人类不是通过本能，而是有意识地组织在一起，也是这个原理。很好，为什么大自然不会产生一种更加高效的方式来帮助我们克服自身的弱点呢？或许，这只是自然复制艺术的另一个案例而已？”

“毕竟，我们面临进一步发展的障碍，已经有一段时间——除非我们止步不前，否则我们必须寻找出路。你可能记得，萧伯纳建议，第一步应该是将人类寿命延长到三百岁①。这或许是一种思路——毫无疑问延长个体生命对个人主义者来说很有引力——但是还有别的思路，而且，尽管人们一般不相信高等生命形式也可能朝这方面进化，并不是说这就完全不可行——当然，也不是说这方面一定会取得成功。”

我扫了一眼珍妮特的表情，发现她已经放弃。当她觉得别人在胡说八道的时候，她会果断做出决定，不再浪费时间，并拉下一道严严实实的精神帷幕。我继续思考，看着窗外。

“我想，我感觉，”我说，“很像一只无法适应周围颜色的变色龙。如果我理解得没错，你的意思是说在这两个群体中，他们的头脑在某种程度上——嗯——是共用的。这是不是说，男孩们的脑力相当于个体的三十倍，女孩的脑力相当于个体的二十八倍？”

“我看不是，”泽勒比很严肃地说，“肯定不是正常个体的三十倍，天哪——那就太匪夷所思了。但肯定意味着智商有一定程度的加强，但现阶段来看，我还没找到估计的

---

① 萧伯纳（1856—1950），爱尔兰剧作家，诺贝尔文学奖获得者。他在1921年发表的剧作《千岁人》（*Back to Methuselah*）中提出改善文明的方法是争取长寿。

办法——如果有办法估计的话。这可能有重大意味。但我觉得当务之急是他们产生的意念力——这种潜力令我十分惊讶。我们不知道这种驱动是如何产生的，但我觉得如果能弄清楚，我们可能会发现，如果一定程度的意念力汇聚到一个容器中，就会发生黑格尔变化——即量变引起质变。在这件事上，这是一种直接胁迫的力量。

“不过，坦率地说，这只是推测——我现在可以预见到许多值得推测和调查的事。”

“这件事听起来十分复杂——如果你说的没错的话。”

“从细节上，从机制上，是这样，”泽勒比承认说，“但从原理上，与第一眼看到的表象并不一样。毕竟，你同不同意人的本质就是精神的体现？”

“当然。”我点点头。

“好吧，精神是一种生命力，因此它不是静态的，因此它要么得进化，要么会萎缩。精神进化最终会产生更加伟大的精神。那么，假设这种更伟大的超级精神正准备显形。它寄居在哪里呢？普通人根本容不下它。那么，由于单个个体存在局限，它会不会诉诸群体——这就像百科全书太大，不得不采用多卷本？我不知道。果真如此的话，两个超级精神，寄居在两个群体之中，就不无可能。”

他停下来，朝敞开的窗户往外看，看到一只大黄蜂从一棵薰衣草头飞到另一棵草头。然后若有所思地说：

“我对这两个群体思考了很久。我甚至觉得应该给这两种超级精神取个名字。我觉得可以取很多名字，但我觉得其中有两个在我脑海里挥之不去。不知怎么的，我一直在回味着——亚当和夏娃。”

* * *

两三天后我收到一封信，信上说如果我立即启程，我就可以得到期待已久的工作，这份工作在加拿大。于是我立即启程，留下珍妮特善后，然后去跟我会合。

她抵达加拿大后，并没有带去有关米德威奇的更多消息，只有弗里曼夫妇和泽勒比之间发生的实力悬殊的争吵。

看来泽勒比把他的发现告诉了伯纳德·韦斯科特。伯纳德询问了一些详细细节，并告知弗里曼夫妇，对他们来说，一切都很新奇，他们本能地表示反对。他们立即开始了自己的测试，随着测试的进行，他们的情绪越来越低落。

“但至少我觉得他们不会相信亚当和夏娃那一套，”她又说，“真是的，老泽勒比呀！我一直心存感激，我们碰巧去了伦敦。想象一下，如果我成为亚当第三十一分之一部分的母亲，或者夏娃第二十九分之一部分的母亲，该有多么荒谬！真是糟糕，幸好我们没有受到影响。我受够了米德威奇，再也不想听到这个地方。”

第二部

第十六章
九　岁

接下来的几年，我每次回国的时间都很短暂，而且行程匆忙，大部分时间都在走亲访友，偶尔也抽空谈谈业务。我一直没有到过米德威奇附近，甚至都没有想过米德威奇。但是，在我们离开之后的第八年夏天，我有六个星期的空闲，就在第一周的最后一天，我在皮卡迪利大街偶然碰到伯纳德·韦斯科特。

我们去了进进出出酒吧小酌一杯。期间，我向他打听米德威奇的消息。我以为他会说整件事情已经结束，最近有几次我回想起这个地方，村子和村民曾经的经历显得很不真实，现在看来甚至令人难以置信。我期待着他会说，这群孩子已经变得习以为常，就像有些看起来极具天赋的孩子，天赋之花却从未绽放。尽管一开始他们显得禀赋异常，但现在他们已经回归一群普通的乡村儿童，只剩外貌略有不同。

伯纳德思忖了一阵，然后说：

“碰巧，我明天得去村里。你想不想跟我走一趟，会会老朋友什么的？”

珍妮特和一位老同学去了北方，要待一个星期，剩下我没什么具体的事情要做。

“你还在关注这个村庄？好，我可以去和大家聊聊。泽勒比还好好的吧？”

“噢，对。他是那种清瘦的家伙，看起来会永远活下去，一点儿没变。”

“上次我见他——除了告别之外——他在谈论奇怪的复合人格，”我回忆说，“这个滔滔不绝的老家伙。他跟你聊起来，能把天马行空的想法说得煞有介事。我还记得，他说什么亚当和夏娃那一套。”

“他还是那副德行，”伯纳德说，但并没有继续说下去，他换了个话题，“恐怕我自己的事有点儿离奇——我要做个讯问，但应该不会影响你。”

“讯问这群孩子？”我问。

“不是，”他摇摇头，“村里一个名叫波尔的男孩出了车祸。”

“波尔，”我重复了一遍，“哦，对，我记起来了。他们家在村子外面有处农场，靠近奥普利。”

“对。戴克农场。这是一起悲剧。”

如果我问他为什么有兴趣讯问这件事，会显得有些冒昧，于是我们转移话题，开始谈论我在加拿大的生活。

第二天，一个晴朗的夏日上午，我们吃完早饭就出发。坐在车上，他说起话来明显比在俱乐部里更加随意。

“你会发现米德威奇有些地方变了，”他提醒我，“你的老房子里现在住着韦尔顿夫妇——丈夫做蚀刻，妻子制陶。我不记得克里姆家现在住的是谁——弗里曼夫妇搬走之后又来了几拨人。但最让你意想不到的就是农庄。农庄外面的板子已经重新刷漆，上面写着‘米德威奇农庄——特殊学校——教育部’。”

“哦？为了这群孩子？”我问。

“没错，”他点头，“泽勒比的‘天马行空’实际上没那么天马行空。实际上，这种想法让弗里曼夫妇很尴尬。他们十分羞愧，简直无地自容。”

“你是说所谓的亚当和夏娃理论？”我怀疑地问。

“不全是。我指的是两组心灵。很快就证明这种心有灵犀的确存在——一切都能证明这一点——而且这种状态仍在持续。一个男孩刚满两岁的时候就学会读简单的单词……”

“两岁！”我惊叹道。

“相当于普通孩子四岁，”他提醒我，“第二天所有的男孩都学会读这些词。从此之后，他们进步神速。几个星期之后，一个女孩学会了阅读，她一会，所有的女孩就都学会了。之后，一个男孩学会了骑自行车；顷刻之间，所有男孩上车就会骑。布林克曼太太教会她的女孩游泳，剩余的女孩就都学会了游泳；但直到一个男孩学会游泳，其他男孩才开始学会。哦，自从泽勒比指出这一点之后，这是毫无疑问的。村里一直在——现在仍然在——对这种观点进行争论，他推断说每一个群体就代表了一个个体。没有多少人会接受这种观点。说这是一种心灵传递，有可能；说这是深度的相互感应，有可能；说这是一种尚未明确的不同个体之间的交流形式，听起来可行；但说这是单一个体告知相互独立的部分，不行。对此没有什么证据。”

听到这里我并不惊讶，但他继续说道：

“总之，这都是些学术争论。关键是，不管是什么原理，他们群体内部的确存在心灵感应。因此，把他们送到普通学校显然行不通——如果把他们送到奥普利或者斯托奇村的学校，要不了几天，就会闹得沸沸扬扬。于是，这件事惊动了教育部和卫生部，结果划定农庄作为他们的学校、福利中心兼社会观察站。”

“这比我们预期的结果要好。你还在这里的时候，看起来他们会出问题。他们群体意识与我们不同——他们的模式与我们的模式在本质上不一样，也不可能一样。他们对彼此的依恋比普通孩子对家庭的依恋更加重要。有些家庭也讨厌他们——他们无法融入家庭，他们太不一样了；他们和家里亲生的孩子玩不到一起，矛盾与日俱增。农庄里有人开始考虑给他们设立宿舍。不用施压，也不用劝说——只要他们愿意就可以搬进去，而且很快就有十几个孩子搬了进去。之后，其他孩子也纷纷效仿。他们似乎开始意识到，他们与村里其他人没有多少共同之处，因此自然而然地被同类吸引到一起。”

“真是咄咄怪事。这事儿村民们怎么看？”我问。

“当然，有些人表示反对——说实话，主要是出于习俗考虑，并非真心实意。许多人不再受令人恐惧的责任羁绊，感觉如释重负，虽然他们嘴上并不承认。有几位村民真的喜欢孩子，现在仍然喜欢他们，因此感觉十分痛苦。但总的来说，他们都接受现实。没有谁真正阻止他们搬到农庄，当然，就算阻止也毫无用处。有些母亲跟孩子感情深的，与孩子们处得好的，他们还可以随时回家。有些孩子则与家里完全断了联系。”

“这真是闻所未闻。”我说。

伯纳德笑了。

“好吧，如果你回想一下，你就会发现开头就很奇怪。”他提醒我说。

“孩子们在农庄里干什么？”我问。

“主要是上课。学校有教师和福利人员，还有社会心理学家，等等。还有优秀的访问教师教授各科短期课程。起初，他们像在普通学校一样上课，后来有人发现这么做根本没有必要。所以现在课堂上只有一个男生和一个女生，剩余的孩子也都掌握了课上的内容。而且，不必一次只上一门课。同时教六对男生女生不同的课程，他们同样能够掌握。”

“可是，天哪，他们肯定像吸墨纸一样吸收知识。”

“的确如此。这让有些老师紧张不安。”

“可是你还是对他们的存在保密？”

“在大众层面上，是这样。媒体仍然能够理解——而且，无论如何，从他们的角度来看，现在与一开始的情形已经不太一样。对周边地区来说，已经做了一些保密工作。米德威奇引起的声誉从来都不怎么高——这主要归功于周边的社区比较单纯。好吧，借助适当的干预，我们在这件事上仍然比较低调。泽勒比向我保证说，现在周围村庄将这里视作没有铁窗的精神病院。大家都知道，村里所有人都受到‘迷失日’的影响；尤其是孩子们，大家都称他们为‘受到这个日子影响’——几乎就是‘受到月亮周期运动影响’（亦即神经错乱）的同义词。孩子们智力发育迟缓程度严重，政府不得不建立特殊学校。哦，是的，我们已经把村庄定为当地扶持区域。这和对待低能的亲戚有些类似。偶尔有些传闻；但大家都觉得这是不幸的事，不宜向外界宣扬。甚至米德威奇个别村民偶尔提出的抗议也没人认真理会，毕竟，全村人都遭遇了同样的经历，所以大家或多或少都‘受到这个日子影响’。”

“这肯定，”我说，“牵涉了大量的工程和维护工作。我以前一直不明白，现在也还不明白，为什么你们这么在意对这件事保密。在事故当天，出于安全考虑倒还好理解——有东西未经许可强行降落；这是军情处的关切。但现在，还在大费周章地将这群孩子隐藏起来。还有农庄的奇特安排。运营这样一所特殊学校每年可是花费不菲。”

“你不觉得福利国家应该承担责任吗？”他说。

“别胡扯了，伯纳德。”我告诉他。

他没有理会。尽管他继续谈论这群孩子和米德威奇的现状，但他对我提出的问题避而不答。

我们很早就在特雷恩吃了中饭，两点钟刚过就到了米德威奇。我发现村里几乎没变。仿佛我从这里离开的时间不是八年前，而是昨天。讯问将在村务大厅里举行，门外的绿地上已经聚集了一大群人。

“看来，”伯纳德一边停车一边说，“你得把拜访熟人的事儿推一推。看来全村人都在这儿了。”

“这事儿要很久吗？”我问。

“希望只是例行公事。可能半个小时就完了。”

“你要提供证据吗？”我问，我心想如果只是例行公事，他何必大老远从伦敦赶来。

“不用。只是关注事态进展。”他说。

我觉得他让我推迟拜访是正确的决定，于是跟着他走进大厅。大厅里的人越来越多，我看到熟悉的面孔陆续进来，找到位置坐下。毫无疑问，村里所有行动方便的人都前来参加。我不知道这是为何。当然，大家都认识年轻的死者吉姆·波尔，但仅凭这一点还不足以解释眼前的情况，更不能解释大厅里弥漫着的紧张气氛。几分钟后，我不敢相信现场的流程与伯纳德料想的一样正式。我感觉像在等待人群中有人发泄怒火似的。

但是没有人爆发。整个程序很正式，也很简短。不到半个小时就结束了。

我留意到，会议一结束泽勒比就溜出会场。我们发现他站在大厅外的台阶上，看着我们出来。他向我打招呼，仿佛我们几天前才见过面，然后说：

“你怎么掺和进来了？我以为你去了印度。”

“我去了加拿大，”我说，“事出偶然。”我解释说是伯纳德让我一起过来。

泽勒比转向伯纳德。

“这下你满意了吧？”他问。

伯纳德略微耸耸肩。“不然呢？”他反问道。

这时一个男孩和一个女孩从我们身边经过，随着散开的人群沿大路走去。我只来得及看了一眼他们的脸，便惊愕地盯着他们的背影。

“哟，这不是那群……”我开口说。

“是的，”泽勒比说，“你没看到他们的眼睛吗？”

“可这也太荒谬了！可他们只有九岁呀！”

“按日历来说是九岁。”泽勒比同意道。

我凝视着他们，看他们大步向前走。

“可这……这太不可思议了！”

“不可思议的事情，你应该记得，在米德威奇比在其他地方更容易发生，”泽勒比说，“不大可能发生的东西，我们现在可以轻易接受；难以置信的东西我们需要更长时间接受，但我们也学着接受。上校难道没有提醒你吗？”

“算是提醒过吧，”我承认，“可这两个孩子！他们看起来足有十六七岁了。”

“从生理上看，我觉得他们的确是这样。”

我目不转睛地盯着他们，仍然觉得难以接受。

“如果你们两位不忙，请到家里喝茶。”泽勒比邀请道。

伯纳德看了我一眼，建议开他的车去。

“好，”泽勒比说，“不过你得小心点，别被刚才听到的消息吓着。”

“我开车很稳。”伯纳德说。

“年轻的波尔开车也很稳——他车技很好。”泽勒比回答说。

汽车上坡走了一段，就可以看到凯尔庄园沐浴在下午的阳光中。我说：

“我第一次看到凯尔庄园就是这个样子。我记得我当时想，如果再靠近一点，就能听到它打呼噜的声音，从那以后每次看到它我就有这种感觉。”

泽勒比点点头。

“我第一次见到它，就觉得这里似乎是颐养天年的宁静之所——但现在，我觉得这里已经不再宁静。”

我没有理会他的话。我们从庄园前面经过，把车停在马厩旁边。泽勒比领着我们走上阳台，示意我们坐到铺了椅垫的藤椅上。

“安吉拉这会儿不在，但她说好回来喝茶。”他说。

他身体往后靠，朝草坪尽头看了一会儿。从迷失日至今的九年里，岁月在他身上并没有留下明显的痕迹。他纤细的银发依旧浓密，在八月的阳光下发出闪光。或许眼睛周围增加了少许皱纹；脸庞略微消瘦一些，脸上的纹路也略有加深，即使瘦长的身躯变得更加清瘦，变化也应该不超过四五磅。这时他转向伯纳德。

“你该满意了。你觉得一切到此为止吧？”

“希望如此。发生过的事就已经发生了。明智的做法是接受裁决，他们也接受了。”伯纳德告诉他。

“嗯，”泽勒比说，他转向我，“作为一个旁观者，你对今天下午的把戏怎么看？”

“我没什么——哦，你说的是讯问的事儿。大厅里的气氛似乎有点儿紧张，但在我看来，整个过程进展有序。这个男孩开车不小心。他撞到行人。然后，他很愚蠢，惊吓之余想肇事逃逸。他速度太快，在教堂的拐弯没有拐过去，因此撞到墙上。你的意思是说‘意外死亡’用词不准确——应该称作‘不幸’，但意思都一样。”

“确属‘不幸’，”泽勒比说，“但意思一点都不一样，这要从之前发生的事说起。我来告诉你们事情的经过——到目前为止我还只是简略地告诉了上校……”

* * *

泽勒比每天下午都会散步，当时他像往常一样，正从奥普利路往回走。当他靠近希克姆巷转弯的时候，看到四个孩子走过来，在他前面排成一列朝村子走去。

一行人中有三个男孩、一个女孩。泽勒比饶有兴致地观察着他们，他对这些孩子的兴趣从来没有减弱过。男孩们长得很像，根本无法分辨；他觉得要想区分他们，纯属白费力气。整个村子——除了少数几个看上去颇有自信的妇女之外——没有人能分辨出他们，孩子们对此也已经习以为常。

像往常一样，他对孩子们短时间内的发育速度十分惊讶。仅凭这一点就能让他们的物种脱颖而出——这还不仅是早熟的问题；他们的发育速度相当于正常速度的两倍。或许与年龄和身高相仿的普通孩子相比，他们的结构更轻，但这只是由于种类不同造成的轻盈，并没有瘦弱或者过度发育的迹象。

像往常一样，他也希望自己对他们了解更多，了解更深。他进展有限，不是因为他没有努力。从孩子们还小的时候，他就很有耐心和毅力地尝试过。孩子们像接纳别人一样接纳他，他对孩子们也很了解，当然不比农庄的老师们了解得更多。从表面上看，孩子们对他很友善——他们表示友善的对象并不多——他们愿意跟他聊天，愿意听他讲话，愿意跟他打趣，愿意向他学习；但仅限于此，他觉得孩子们永远不会超越表层。而且，就在这表层之下，一直存在一重屏障。他从孩子们身上所看的、所听到的，只是他们的顺势而为。他们真正的自我和真正的性情隐藏在屏障之下。他和孩子们之间的交流只是片面的，无关痛痒；

缺乏了温情和同情的维度。他们真正的生活属于他们自己的世界，似乎远离了外部世界，就像亚马逊丛林中的部落，遵循着迥然不同的规范和道德。他们有好奇心，不断学习，但给人的感觉是他们只是在收集知识——这有点儿像是魔术师学会了一项有用的技巧，但不管他对技巧多么擅长，对他作为人而言没有任何影响。泽勒比觉得没人能更加接近他们。农庄里的工作人员都不太积极，但就泽勒比掌握的情况来看，无论他们付出多大努力，他们都将遭遇同样的屏障。

看着这群孩子一边聊天一边往前走，他突然想起费雷琳。现在，她回家的次数没有他预想的那么频繁；看到这群孩子，她仍然会感到不安，所以他并没有试图劝她；得知她和自己的两个儿子在一起很开心，也就足够了。就算费雷琳的男孩活了下来，他也无法将他和前面的这群孩子区分开来，就像他无法一一区分这些孩子一样，想来都觉得奇怪——也很伤自尊。只有奥格尔小姐例外，她想当然地觉得她偶然碰到的任何一个男孩都是他的儿子——奇怪的是，没有一个孩子戳破她的幻想。

这时，前面的四个孩子转过弯，消失在他的视线里。他刚转过弯，就有一辆车从他身边飞驰而去，因此他目睹了接下来发生的一切。

这是一辆小型双座敞篷车，车速不快。但碰巧在拐弯的地方，视线的盲区，这群孩子停了下来。他们仍然排成一列，似乎是在讨论走哪条路。

汽车司机竭尽全力刹车。他朝右边猛打方向盘，避让孩子，但无济于事。再往右两英寸，他就能避开。但他连一英寸也无能为力。他的汽车左翼撞到最外面那个男孩的臀部，把他甩到马路对面一家花园的篱笆上。

泽勒比的脑海里，仍然留有一幅静止的画面。一个男孩挂在篱笆上，剩下三个孩子站在原地，车上的年轻男子正在调整车轮，尽力刹车。

汽车是否停了下来，泽勒比已经无法确定；即使停了下来，停下的时间也十分短暂，然后引擎又咆哮起来。

汽车向前猛冲。司机加速，猛踩油门，一直向前冲去。他丝毫没有避让左边的拐角。汽车撞上教堂院子的墙壁时还在加速。车身摔成碎片，司机一头撞到墙上。

人们大声呼喊，附近的人开始朝现场跑去。泽勒比一动不动。他目瞪口呆地看着黄色火焰跳出来，黑色的烟雾向上升起。然后，他僵硬地转向这群孩子。他们也盯着残骸，每个人脸上都流露出同样紧张的表情。他只看了一眼，对方脸上紧张的表情就消失了，三个孩子转向另外一个男孩，男孩正躺在篱笆边上呻吟。

泽勒比感觉浑身颤抖。他摇摇晃晃地走了几码，到了绿地边上的椅子边。他坐下去，向后躺，脸色苍白，浑身不适。

接下来发生的事不是泽勒比讲述的，是镰刀与石头的威廉姆斯太太后来讲给我听的。

“我听到汽车呼啸的声音，然后砰的一声，我朝窗外看，看到大家都在奔跑，”她说，“之后我发现泽勒比先生走到绿地旁的长凳边，摇摇晃晃地。他坐下来，向后躺，但他的头耷拉下来，像是要昏迷的样子。于是我穿过马路跑到他身边，我到他身边时，发现他快要晕倒了。但还没有晕倒。他模模糊糊地说了‘药丸’和‘口袋’。我在他的口袋里找到药丸。瓶子上说一次吃两粒，但是考虑到他的情况，我给他服了四粒。

“别人都没在意。大家都去了事故现场。药丸发挥了作用，大约五分钟后，我扶着他进屋，让他躺在酒吧间的沙发上。他说在那躺着，休息一会儿就好，于是我去查看汽车的情况。

“我回来的时候，他脸上有了气色，但他还躺着，像是累坏了。

“‘很抱歉给你添麻烦了，威廉姆斯太太。休克了。’他说。

“‘我去找医生吧，泽勒比先生。’我说。但他摇摇头。

“‘哦，不用。过一会儿就好了。’他告诉我。

“‘我看你最好还是看医生，’我说，‘真是吓了我一跳。’

“‘很抱歉。’他说。停了一会儿，他又说：‘威廉姆斯太太，你会保守秘密吧？’

“‘会的。’我告诉他。

“‘好吧，如果你不把我这次晕倒的事儿告诉任何人，我会非常感激。’

“‘我不确定，’我说，‘我觉得你应该看医生。’

“他听完摇摇头。

“‘我看过很多医生，威廉姆斯太太，有些很昂贵，有些是名医。但是人老了没办法，知道吧，就像机器生锈了一样，仅此而已。’

“‘噢，泽勒比先生，先生……’我开口说。

“‘别难过，威廉姆斯太太。在很多方面我还很硬朗，所以一时半会儿我还死不了。但是与此同时，我觉得没必要麻烦心爱的人，你觉得呢？给他们造成不必要的痛苦并不仁慈，你觉得呢？’

“‘嗯，对，先生，如果你确定没有——？’

“‘没问题。我确定。我已经欠你的情了，威廉姆斯太太，但是你务必替我保守秘密，否则就等于没有帮到我。可以吗？’

“‘好吧。如果你希望这样就这样吧，泽勒比先生。我告诉他。’

“‘谢谢你，威廉姆斯太太。非常感谢。’他说。

“然后，过了一会儿，我问他：‘事情的经过你都看见了吧，先生？肯定让人大吃一惊。’

“‘没错，’他说，‘我看到了——但我没看到车里坐的是谁。’

“‘是年轻的吉姆·波尔，’我告诉他，‘戴克农场的。’

“他摇摇头。

“‘我记得他——是个不错的小伙子。’

“‘可不是嘛，先生。吉姆是个好孩子。一点儿都不像

那些调皮捣蛋的孩子。真不明白他怎么会在村里横冲直撞。一点儿都不像他的脾性。’

“然后他停了好一阵，然后用奇怪的声音说：‘出事之前，他撞了一个孩子——这群孩子中的一个。我看撞得不重，但是把他甩到马路对面了。’

“‘这群孩子中的一个——’我说，然后我突然明白他的意思，‘噢，不会吧，先生！上帝啊，他们该不会……’这时我又停了下来，因为他正看着我。

“‘别人也看到了，’他告诉我，‘健康的人——或者说不这么容易受惊的人——或许，如果我这辈子曾经见过蓄意谋杀的现场，我也不会受到这么大的惊吓……’

* * *

泽勒比自己的描述，到他摇摇晃晃地坐到长凳上就结束了。他说完之后，我转过脸看看伯纳德。伯纳德的脸上毫无表情，于是我说：

“你猜测是这群孩子干的——他们驱使他撞到墙上？”

“我不是猜测，”泽勒比遗憾地摇摇头，“我是断定。就是他们干的，就像他们驱使母亲们带他们回村里一样确定。”

“可这些证人——他们作证说……”

“发生了什么他们再清楚不过。他们只需看到什么说什么。”

“可如果他们像你一样知道发生……”

“好吧，那又怎么样？如果你知道事情的经过，碰巧被传唤作证，你会说什么？遇到这样的事，必须有官方可以接受的结果——可以接受的意思是说，对理性的人来说可以接受。假设他们得知这孩子受到意念驱动自杀——你认为这能成立吗？当然不能。必须进行第二次讯问，寻找合理的结果，也就是我们现在得到的结果。所以，这些证人为什么要平白无故冒险让人觉得他们不可靠、让人觉得他们迷信呢？

“如果你想要证据证明他们会这样，现在就看看你自己的态度吧。你知道我在著书上有点名气，你自己也了解我，但这相对于‘理性的人’的思维习惯来说又有多大价值？我只告诉你一星半点真相，你的反应立马就是觉得真相并非像我描述的一样。你真应该有点见识，亲爱的朋友。毕竟，孩子们逼迫母亲返回村里的时候你在这里。”

“但这和你现在说的事不在一个层次上。”我反驳说。

“不在一个层次上？那你能解释一下被逼到令人厌恶的境地和被逼到致命的境地之间有什么分别吗？来吧，来吧，亲爱的朋友，你离开之后，就没怎么接触不大可能的事情。你已经被理性精神变得迟钝。在这儿，每天每个人家门口都在上演不合常规的事。”

我乘机将话题转移到讯问之外的事情上。

“以至于让威勒斯放弃了有关‘癔症’的信念？”我问。

“他死之前不久才放弃这种信念。”泽勒比回答说。

我吃了一惊。我本意是想问伯纳德有关医生的情况，却误打误撞得知了这个消息。

“我不知道他已经去世。他只有五十出头吧？他是怎么了？”

“他服用了过量的巴比妥类药物。”

“他——你不是说……可威勒斯不是那种人呀……”

“这我同意，”泽勒比说，“官方的结论是‘他心智不稳’。毫无疑问，这个措辞显得十分和善，但并无解释力。实际上，大家可以想到有些人心智沉稳，适当打扰反而有好处。当然，真相是没人知道他为什么会这么做。威勒斯太太更是想不明白。但这已经足够了。”他停了一下，然后接着说，“直到我听到有关年轻的波尔的结论，我才开始想到威勒斯。”

“你该不是真这么觉得吧？”我说。

“我不知道。你自己也说威勒斯不是那种人。现在我们才发现，原来我们的处境比预想的更加危险。这很令人震惊。

“我们必须意识到，这次是波尔这孩子出现在了这个致命的拐弯，但也有可能是安吉拉，或者任何人……真相很明白，她、或者我或者我们中的任何人，可能在任何时候无意之中伤害或者惹恼这群孩子……这个可怜的孩子没有过错。他尽最大努力避让他们，但他无能为力——他们一怒之下向他复仇，杀了他。

“因此，我们得做出决定。对我自己来说——好吧，这是我有生以来最有趣的经历。我很想知道结局如何。但安吉拉还年轻，迈克尔还很依赖她……我们已经把他送走。

我在想要不要劝她也离开。不到万不得已我不想出手，但我不知道时机是否已经到来。

“最近几年就像生活在活火山的山坡上一样。理智告诉我火山体正在积蓄能量，火山迟早会爆发。但随着时间流逝，除了偶尔震颤一下之外并没有爆发，于是人们开始自我安慰，觉得所谓的爆发根本不会出现。人们开始动摇。我问我自己——波尔事件只是一次更大的震颤，抑或是爆发的第一个前兆？我不知道。

“几年前，我更加敏锐地意识到了危险的存在，制定了计划，但后来计划显得没有必要；现在我又突然得到警示，但目前危险是否已经迫近到有必要抛弃家园，抑或仍然是潜在危险？”

很明显，他真真切切地感到焦虑，伯纳德的表情也没有任何怀疑。我不得不带着歉意说：

“我已经任由‘迷失日’这件事从我脑海中淡出——现在突然又提起来，我还需要一点儿时间调整。这就是人的潜意识——在逆境中，想告诉自己，随着这群孩子年龄的增长，他们的异常状况会随之消失。”

“我们都这么想，”泽勒比说，“我们曾经向彼此展示证据，证明异常正在消失——但并没有。”

“但你还是不知道事情的原委——我指的是意念驱动？”

“不知道。这似乎等于在问，一种性格为何会支配另一种性格。我们都认识一些人，他们走到哪里都能支配大家；似乎这群孩子是通过合作实现了这种能力，而且能够随心所欲地施展能力。但这并没有解释他们是如何做到的。”

* * *

过了一会儿，安吉拉从屋里走出来，来到阳台上。自从我上次见她到现在，她看起来变化不大。她看上去心事重重，强打起精神将注意力转移到我们身上，礼貌地寒暄一阵之后，她又显得心不在焉。这时茶盘端了过来，缓和了一些尴尬的气氛。泽勒比动了动身子，以免气氛降到冰点。

“理查德和上校也参加了讯问，”他说，“当然，询问的结果大家早已料到。我想你也听到了吧？”

安吉拉点点头。“是，我当时在戴克农场，和波尔太太在一起。消息是波尔先生告诉我们的。可怜的波尔太太简直要发疯了。她很疼爱吉姆。她要去讯问现场，费了很大劲才拦下她。她要去现场谴责这群孩子——公开谴责他们。我和利博迪先生设法劝她不要这样做，否则只会给她自己和家人带来麻烦，对大家也没有好处。于是我们留下来陪她。”

“波尔家的另一个男孩戴维在现场，”泽勒比告诉她，“他似乎不止一次要发作，但他父亲阻止了他。”

“现在我在想，如果真有人发作，情况会不会好些。”安吉拉说，“应该有人站出来的。迟早有人得站出来。这可不是一条狗，也不是一头牛。”

“狗和牛是怎么回事，我从来没听过。”我插话说。

“有条狗咬了一个孩子的手；一两分钟之后这条狗就冲到一辆拖拉机前被撞死了。一头牛追赶孩子，然后它突然调转方向，冲过两道篱笆，栽进磨坊池塘里淹死了。”泽勒比解释说，说得异乎寻常的简洁。

“可这一次，”安吉拉说，“是谋杀。”

“噢，我不是说他们蓄意杀人。很可能他们又害怕又生气，他们中间有一个人受伤，于是会盲目地报复。但这仍然是谋杀，本质没有变。全村人都心知肚明，现在大家都知道他们会逃脱惩罚。我们不能就此罢休。他们丝毫没有表现出内疚。一丝都没有。这才是我最害怕的地方。他们就这样活生生杀了一个人，然后逍遥法外。过了今天下午，他们就会知道，谋杀不会受到任何惩罚。以后再有人触犯他们会怎么样？”

泽勒比若有所思地呷了一口茶。

“你知道，亲爱的，我们的担心是合理的，可处理的责任并不在我们。就算我们以前有责任，现在也不一定了，很久以前当局就剥夺了我们的责任。上校在这里，他代表了某些部门——具体情况谁也不知道。村里尽人皆知的事，农庄的职工应该不无了解。他们会向上级报告，尽管讯问结果是这样，真实情况当局想必清楚——但在法律和‘理性的人’干涉之下，他们会采取什么措施，我就不得而知了。我们必须静观其变。

“不过，亲爱的，我认真地恳求你，不要和这群孩子发生任何冲突。”

“我不会的，亲爱的，”安吉拉摇摇头，“我胆小，怕了他们。”

“鸽子害怕雄鹰并不是因为它们胆小；而是因为它们明智。”泽勒比说，然后大家转到日常的话题。

＊＊＊

我本来打算看望利博迪夫妇和一两个其他朋友，但等我们起身准备离开时才发现，除非我们推迟回伦敦的时间，否则只好等到下次再来拜访大家。

我不知道我们告别之后驶离车道时伯纳德有何感想——实际上，我们到村里之后他很少说话，几乎没有发表自己的看法——但是，对我来说，回到正常的世界，让我感到轻松愉快。米德威奇人的观念给人一种脱离现实的感觉，像是落后了好几拍。当我再次对这群孩子的存在感到难以接受，对大家告诉我的消息感到惊讶时，泽勒比夫妇早已抛弃了这种想法。对他们来说，已经不再琢磨有什么不可能发生的事。他们接受了这群孩子，无论好坏，孩子们需要他们的照顾；现在他们担心的是社会问题，即这种精心达成的妥协是否会崩溃。我在村务大厅里感受到的紧张气氛在我心底一直挥之不去。

我想，伯纳德并非没有受到触动。我感觉他在村里开车经过波尔车祸现场时格外谨慎。我们拐弯上了奥普利路之后他稍微提高了车速，然后我们看到四个身影走过来。即使隔着一段距离，也可以清楚无误地看到四个孩子。我一时兴起说：

“停一下好吗，伯纳德？我想仔细观察一下他们。”

他又放慢车速，我们几乎在希克姆巷口停了下来。

孩子们继续朝我们走来。他们的服饰有种制度主义风格——男孩穿着蓝色棉质衬衫和灰色法兰绒裤子，女孩穿着灰色打褶短裙和淡黄色衬衫。到目前为止，我只仔细看过大厅外的那一对男孩女孩，只是匆匆一瞥他们的脸，然后就只看到他们的背影。

他们走近时，我发现他们的长相比我预想得还要相似。四个孩子都是棕色皮肤。他们刚生下来时皮肤有一种奇特的通透感，现在已经被阳光晒黑，但仍然留有通透的痕迹，引人注目。他们都有着深金色的头发，鼻子又直又窄，嘴巴很小。他们坚定的目光最具“异族”特色，但这种特色比较抽象，无法与特定种族或者特定区域的特色对应起来。我无法将男孩和男孩区分开来；而且，我怀疑，如果不是发型不一样，我肯定连男孩和女孩也分辨不开。

很快我就看到他们的眼睛。我已经忘记他们从小眼睛多么引人注目，只记得当时眼睛是黄色的。不仅如此，他们的眼睛发出金光。这一点十分奇特，但如果你忽略这种奇特，倒会觉得他们的眼睛长得很美。看起来就像有生命力的半宝石。

他们走到我们旁边时，我继续观察他们，被深深吸引。他们没有留意我们，只是短暂而自然地瞟了一眼汽车，然后转向希克姆巷。

近距离看时，我觉得他们让人感到一种莫名的不安，难怪许多村民任由他们住到农庄里。

我们看着他们走进巷子，然后伯纳德准备发动汽车。

这时突然传来一声爆响，我们两个都吓了一跳。我扭头看到一个男孩倒了下去，脸朝地面摔倒在马路上。剩下三个孩子吓呆了……

伯纳德打开车门，准备下车。站着的男孩转身朝我们看过来。他金色的眼睛目光坚毅，闪闪发光。我感觉像是突然有一阵疑惑和虚弱的感觉涌遍全身……然后男孩的目光转向别处，他的头也转了过去。

对面的树篱后面，又响起一声爆炸，比第一声更加沉闷——随后，远处传来一声尖叫……

伯纳德下了车，我紧随其后。一个女孩跪在倒地的男孩边上。她准备抚摸他，男孩发出呻吟声，扭动着身体。站立的男孩表情痛苦。他也在呻吟，仿佛他也在经历痛苦。两个女孩开始哭喊。

然后，巷子尽头，在掩映着农庄的树丛中，传来一阵回响般的呻吟声，其间还夹杂着许多年轻孩子的哭泣声……

伯纳德停下脚步。我感觉头皮一阵刺痛，头发尽竖……

接着又传来一阵呻吟：这是交织着痛苦的泣声，还有极具穿透力的尖厉的惨叫声……随后是一阵奔跑的脚步声……

我们两个都止步不前。我被吓得寸步难行。

我们站在原地，看到六个长相几乎一样的男孩，跑到躺倒的男孩身边，把他抬起来。直到他们开始把他抬走，我才听到另外一种啜泣声，从巷子左边的树篱后面传来。

我爬上路堤，朝树篱里看。几码远的地方，一个身着夏日连衣裙的女孩跪在草地上。她双手抱着脸蛋，整个身体随着哭泣颤抖着。

伯纳德从我身边爬上来，我们一起从树篱中间挤过去。站在田野里，我才看到女孩的膝盖旁边躺着一个人，枪托从他身体下面露出来。

我们走近时，她听到我们发出的声响。她暂时停止哭泣，一脸惊恐地看着我们。看到是我们，她脸上的惊恐消失了，又开始无助地哭泣。

伯纳德走到她身边，扶她站起来。我看了一眼尸体。真是惨不忍睹。我弯下腰把夹克拉起来，盖在稀烂的头上。伯纳德扶着女孩走到一边。

路上出现了许多人声。我们走到树篱旁边时，几个男人抬头看到我们。

“是你们开的枪吗？”其中一个人问道。

我们摇摇头。

“有人死了。”伯纳德说。

他身旁的女孩颤抖并啜泣着。

“是谁？”同一个人问道。

女孩歇斯底里地说：

“是戴维。他们杀了他。他们杀了吉姆；现在他们又杀了戴维。”她哽咽地说。

其中一个男人爬上路堤。

“噢，是你呀，艾尔莎，姑娘。”他惊叹道。

“我准备阻止他，乔。我准备阻止他，但他不听我的，”她一边啜泣一边说，“我知道他们会杀了他，但他就是不听……”她泣不成声，抱住伯纳德，身体剧烈地颤抖着。

“我们必须把她带走，”我说，“你知道她住哪儿吗？”

“啊，”那个男人一边说，一边果断地抱起女孩，仿佛她只是个孩子。他爬下路堤，抱着不停哭泣和颤抖的女孩，走到车边。伯纳德转向另一个男人。

“你能不能守在这里，别让大家靠近，等警察过来？”

“啊——是不是戴维·波尔呀？”这个男人一边爬上路堤一边问。

“她说是戴维，一个小伙子。”伯纳德告诉他。

“那就没错——这帮混蛋。”这个男人从树篱中间穿过去，“最好打电话给特雷恩的警察，头儿。他们有车。”他看了一眼尸体，“这些杀人的杂种！”

*

他们把我载到凯尔庄园，我用泽勒比的电话报了警。我放下听筒的时候，我看到他在我身边，手里拿着眼镜。

“你看起来好像还挺得住。”他说。

“我还挺得住，”我同意地说，“很意外，很糟糕。”

“是怎么回事？”他问。

我从我们的角度向他描述了事情的经过。二十分钟之后伯纳德回来，又补充了一些信息。

“显然波尔两兄弟之间的感情很深，”他开口说，泽勒比点头表示同意，“嗯，看来，弟弟戴维接受不了讯问的结果，觉得如果没人给他们伸张正义，他得自己去寻求正义。

“他正准备出发的时候，艾尔莎——他女朋友——来戴克农场找他。她看到他拿着枪就猜出了大概，于是想阻止他。他不听劝，把她锁在车棚里，一个人去了。

“她花了些时间才挣脱出来，但她以为他会去农庄，于是从田野里抄近路跟了过去。她走到田野里一想又觉得不对，因为她没看到他的影子。可能他正趴在地上隐蔽。不管怎样，直到他开了第一枪她才看到他。开了第一枪之后，他站了起来，枪口仍然指着巷子。然后，当她朝他跑过去时，他调转枪口，用拇指扣动了扳机……”

泽勒比仍然一言不发，若有所思地停了一段时间，然后说：

“对警方来说案情很明显。戴维认为这群孩子杀了他哥哥，于是复仇杀了其中一个孩子，之后为了逃避罪责开枪自杀。明显是精神失常。‘理性的人’还有什么别的解读呢？”

“之前我还有些疑虑，”我承认说，“但现在我已经打消疑虑。想想那个男孩盯着我们的样子！我觉得有一刹那他以为是我们两个人中的一个干的——我的意思是，他以为开枪的是我们——只有那么一刹那，后来他觉得不可能。那种感觉难以描述，但当时令人毛骨悚然。你有没有感觉到？”我问伯纳德。

他点点头。“有一种诡异、虚弱、苍白无力的感觉，”

他说，“很难受。”

“这只是——”说到一半我停了下来，突然想起什么，“我的天哪，我脑子里乱七八糟，忘记告诉警察还有个男孩受伤了。我们要不要叫救护车到农庄？”

泽勒比摇摇头。

“农庄里有医生。”他告诉我。

他安静地沉思了一分钟，然后叹了一口气，摇摇头。“我真不希望看到事情发展到这一步，上校。我一点都不希望这样。你说，我是不是搞错了，才觉得这里已经开始了一场血腥屠杀……”

第十七章
反　抗

我和伯纳德必须向警方作证，因此凯尔庄园的晚餐时间延迟了许久，录完口供之后，我感觉很饿。我很感激泽勒比夫妇收容我们两个过夜。这次枪击事件让伯纳德改变主意，暂时不回伦敦；他决定留在附近，即使不在米德威奇，最远也不超过特雷恩。我有两个选择，要么留下来陪他，要么慢慢地坐火车回去。我觉得下午我对泽勒比的怀疑态度有些无礼，因此有必要留下来弥补一下。

我品了一口雪利酒，感觉有些羞愧。

“真不能，”我自言自语地说，“真不能对这些孩子视而不见。既然他们就在这里，必须得有所解释。现在可接受的观点都无法解释这一切。因此，要在那些不能接受的观点中找到解释，无论这会让人感到多么的不适。不论真相是什么，都会引起偏见。只需要记住，当真相浮出水面的时候，反击直觉的偏见。”

然而，晚饭的时候，我没必要警惕反击。泽勒比夫妇觉得我们已经经历了足够的惊扰，故意没有谈论米德威奇的问题。伯纳德仍然有些心不在焉，但我很感激他们这么做，听着泽勒比温和地谈论形式与风格的波动，以及给社会僵化提供一定的间歇周期的好处——那就是控制新一代的破坏能量。

我们移步客厅之后不久，利博迪先生来了，于是我们又开始谈论米德威奇出现的离奇问题。休伯特牧师忧心忡忡，我觉得他身上的岁月烙印远不止八年。

安吉拉又派人取一只杯子，给他倒上咖啡。他一边喝咖啡，一边尽力寒暄，但当他喝完咖啡之后，他再也没法装腔作势了。

“必须，”他向我们宣布，“必须采取措施。”

泽勒比若有所思地看了他一阵。

“亲爱的牧师，”他温柔地提醒他，“大家已经念叨好多年了。”

“我的意思是立马行动，快刀斩乱麻。我们已经尽力给这群孩子找到安身之所，维护平衡——考虑各方的利益。我觉得我们做得不错——但我们的做法都是暂时的、即兴的、经验的，不能再这么下去了。我们必须制定规则，将这群孩子约束起来，让他们接受法律的管辖，就像我们接受法律管辖一样。如果让人看到法律不能确保公平正义，法律就会受到蔑视，人们就会失去保护，只能诉诸复仇。这就是今天下午发生的情况，即使我们过了这一关，用不了多久还会有下一关。当局例行公事提供的结论毫无意义，大家都知道结果是假的。今天下午的结论就是个闹剧；毫无疑问，对波尔家二儿子的死亡进行讯问的结果也将是个闹剧。必须采取措施，确保这群孩子受到法律约束，防止悲剧再次发生。"

"我们已经预见到会发生这种问题，你还记得吗，"泽勒比提醒他，"我们甚至向这位上校提交了备忘录。我必须承认，我们没有预料到发生如此严重的问题——但我们的确指出，有必要想办法让这群孩子服从一般的社会和法律规则。结果呢？上校你把备忘录递交给上级主管部门，之后我们收到回复说，感谢我们的关心，说有关部门已经派遣了社会心理学家，相信他们能教导这些孩子。换句话说，他们没办法管控他们，只希望在适当的培训后不会发生严重事故。说到这里，我得说，我很同情部里，因为我看不出如果这些孩子不愿意，怎么能够强制他们遵守任何法则。"

利博迪先生手指交叠到一起，显得十分无助。

"可是必须采取措施，"他重复说道，"只要发生这样的事，问题就会激化，恐怕此时此刻形势已经十分严峻。这已经不是理性的问题，这是本能。今晚几乎所有男人都去了镰刀与石头酒馆。没人召集会议；他们自发聚集起来，大多数女人都在串门，对这件事议论纷纷。这就是男人们一直期待的借口——或者将要成为他们的借口。”

“借口？”我插话说。“我不明白……”

“布谷鸟，”泽勒比解释说，“你不会觉得这些男人真的喜欢这些孩子吧？他们装模作样主要是碍于妻子的情面。考虑到他们潜意识里忍受的怒火，这对他们倒是很有好处——或许一两个像哈里曼这样的例子让他们有所收敛，让他们不敢触碰这些孩子。

“这些女人——大多数女人——并不这么想。现在她们都知道，从生物学上讲，他们并不是亲生孩子，但她们的确经受了怀胎之苦——而且，即使她们对这种强迫深恶痛绝，有些女人的确如此，但她们仍然无法剪断联系，就此遗忘。还有一些女人——嗯，例如奥格尔小姐——就算他们头上长角，身后长尾巴，脚上长蹄，奥格尔小姐、兰姆小姐和其他几个女人还是会喜欢他们。但男人最多只是容忍。”

“这很艰难，”利博迪先生补充说，“但这让正常的家庭关系分崩离析。没有哪个男人不憎恨他们。我们在不断地调解矛盾，但也只能做到这样。这简直就像是一直在闷烧的火焰……”

“你觉得波尔的事会让事情爆发？”伯纳德问道。

“有可能。即使不会，别的事也会成为导火索，”利博迪先生悲惨地说，“如果能做些什么，就得抓紧时间。”

“什么都做不了，亲爱的朋友，”泽勒比果断地说，“我已经告诉过你，你得相信我。你在安抚方面做得非常出色，但从根本上讲，你和我们大家什么都做不了，因为主动权不在我们；主动权在这群孩子手上。我想我像大家一样了解他们。我一直在教育他们，从他们打小就开始了解他们，但我一无所成——农庄里的人也好不到哪里去，不管他们多么傲慢地掩饰这一点。我们甚至无法预测他们的行为，因为我们完全不了解他们想要什么，或者他们是怎么想的。顺便问一下，那个中枪的男孩怎么样了？他的情况可能会影响接下来的事态发展。"

"剩下的孩子不让他离开。他们把救护车赶走了。安德比医生在那里照顾他。需要清除许多弹片，但他认为这孩子没事。"牧师说。

"希望他没事。否则，我们真就结了仇了。"泽勒比说。

"我看我们已经结下仇怨。"利博迪先生不悦地说。

"现在还没有，"泽勒比坚持说，"结仇是双方的事。目前只有村民一方比较主动。"

"你不会不承认这群孩子谋杀了波尔兄弟俩吧？"

"我承认，但这并不是主动的。我对这群孩子还算了解。在第一起事件中，他们的行为是在一名成员受到伤害时自发的反击；在第二起事件中，也同样是在防卫——别忘了还有一支装好子弹的枪管，随时准备向人开火。在这两起事件中，他们的反应都过于激烈，这我承认，但从主观意图上看，这只是过失杀人，而不是蓄意谋杀。两次他们都是被挑衅者，而不是挑衅者。实际上，蓄意谋杀的人是戴维·波尔。"

“如果有人开车撞了你，你杀了他，”牧师说，“对我来说就是谋杀，对我来说就是挑衅。对戴维·波尔来说就是挑衅。他等待着法律来伸张正义，但法律让他大失所望，于是他决定自己解决。这算是蓄意谋杀吗？或者说这是正义之举？”

“这肯定不能算是正义之举，”泽勒比坚定地说，“这是结仇。他想随意杀掉一个孩子，来报复他们的集体行为。这两起事件真正让我们明确的，亲爱的朋友，就是一个特定种族形成的法律，从本质上说，只适合这个种族的能力——对一个具有不同能力的种族来说，就已经不再适用。”

牧师沮丧地摇摇头。

“我不知道，泽勒比……我就是不知道……我已经身处困境。我甚至不知道这些孩子是否应该为谋杀负责。”

泽勒比扬起眉毛。

“‘上帝说，’”利博迪先生引用《圣经》说道，“‘让我们依着自己的模样造人，与我们相仿。’好吧，那么，这些孩子是什么？他们是谁？所谓模样并不是外在的模样，或者说每一尊塑像都是人类。它的意思是内在的模样，是人的精神和灵魂。但你告诉过我，而且考虑到现实的证据，我开始相信，这些孩子并没有个体的精神——他们拥有一个男人的精神和一个女人的精神，每一个都比我们想象的更加强大，他们分享这个精神。那么，他们到底是什么？他们不可能是我们所了解的人类，因为他们的内心模样属于不同的模式——它像别的东西。他们外表像人，但本质上不是人。既然他们是别的种类，而谋杀从定义上说，指的是杀害自己的同类，那么我们杀害他们中的一员能称之为谋杀吗？显然不是。

“还可以进一步想。既然他们不在禁止杀害之列，我们对他们采取什么态度呢？目前，我们把智人的所有特权都赋予他们。这么做到底对不对？既然他们是另一个物种，我们有没有权利——我们有没有义务——为了保护自己的种族与他们战斗？毕竟，如果我们发现身边有危险的野生动物，我们责无旁贷。我不知道……就像我说的，我心里很乱……”

“没错，亲爱的朋友，你是很乱，”泽勒比同意地说，“几分钟之前你还带着几分激动告诉我，这群孩子谋杀了波尔兄弟。再看你后来的论断，好像是要说如果他们杀了我们就算谋杀，如果我们杀了他们就不是。我只能说，一个法律工作者，无论是普通人还是神职人员，都会觉得这种立场在道德上站不住脚。

“我也不认同你有关‘相仿’的说法。如果你的上帝只是地球的神，无疑你是对的——尽管有人反对这种观点，但不能否认这些孩子是从‘外界’来到这里的；他们不可能是从别的地方来的。但按照我的理解，你的上帝是普世的上帝；是所有太阳和行星的上帝。那么，他肯定有普世的形式？如果你以为他只能以适应这个特定的、微不足道的星球的方式显身，那不是太过虚荣了吗？

“我们解决这个问题的两种途径注定有很大不同，但……”

外面的大厅里传来一阵人声，他停了下来，疑惑地看着妻子。夫妻两个还没来得及反应，门突然打开，布兰特太太站在门口。她对泽勒比夫妇匆忙地说了声“打扰”，然后冲到利博迪先生身边，抓住他的袖子。

“噢，先生。赶快。”她气喘吁吁地说。

“亲爱的布兰特太太——”他开口说。

“你快来吧，先生，”她重复说道，“大家都往农庄去了。他们要烧了农庄。你得阻止大家。”

利博迪先生盯着她，她还揪着他的袖子。

“他们已经出发了，”她绝望地说，“你可以阻止他们，牧师。你必须阻止他们。他们要烧死这些孩子。噢，快呀。赶快，请你赶快！”

利博迪先生站起身。他转向安吉拉·泽勒比。

“对不起。我想我得——”他开口说，但他的道歉被布兰特太太的拉扯打断了。

“有人报警吗？”泽勒比问。

“有、没有，我不知道。警察赶不及了。噢，牧师，请赶快！”布兰特太太说着，把他拽到门口。

剩下我们四个人面面相觑。安吉拉迅速跨了过去，关上门。

“我看，我得过去支援他。”伯纳德说。

“我们兴许能帮上忙。”泽勒比一边同意地说，一边转身，我也跟上他们。

安吉拉背对着门，坚决地站在那里。

“不行！”她坚定地说，“如果你们想帮忙，那就打电话报警。”

“你来打电话，亲爱的，我们赶紧去——”

“戈登，”她严厉地说，仿佛是在斥责孩子，“静下来想一想。韦斯科特上校，你只会让事情变得更糟。大家会觉得你是代表这群孩子的利益。”

我们都惊讶地站在她面前，感觉有些局促不安。

“你在担心什么，安吉拉？”泽勒比问。

“我不知道。我怎么会知道呢？我只知道上校会被大家私刑处死。”

“但这次很重要，”泽勒比反驳说，“我们都知道这群孩子能对个体做什么，我想看看他们怎么对付群体。如果像往常一样，他们只需要驱使众人转身走开。很有意思能看到他们——”

“胡说八道。”安吉拉平淡地说，语气中的坚定让泽勒比直眨眼睛，“这不是他们的‘风格’，你心里清楚。如果是这样，他们会让吉姆·波尔停下汽车；他们会让戴维·波尔朝天上开枪。但他们没有这么做。他们不仅会阻击——他们总是会反击。”

泽勒比又眨了眨眼。

“你说得对，安吉拉，”他惊讶地说，“我没想到这一点。他们总会做出过度报复。”

“对。不管他们怎么对付众人，我不想让你插手。我也不想让你插手，上校，”她又对伯纳德说，“你染指造成的麻烦，你得帮助我们挣脱出来。我很高兴你在这儿——至少现场有人讲述事情的经过。”

“或许，我可以——从远处观察。”我温和地建议道。

“如果你有理智，你就待在这儿，远离伤害，”安吉拉坦率地说，然后又转向她丈夫，“戈登，我们这是在浪费时间。你能不能打电话到特雷恩，看有没有人报警，让他们派救护车过来。”

“救护车！这是不是有点儿——呃——太过了？”泽勒比反驳说。

“你还一直在说什么‘像往常一样’，但你根本没动脑子，”安吉拉回答说，“我已经考虑到了。我说了叫救护车，如果你不叫，我自己来。”

泽勒比像个听话的孩子一样拿起电话。他对我说：

“我们根本不确定——我的意思是，我们只是听到布兰特太太的一面之词……”

“以我对她的了解，她这个人最靠谱。”我说。

“这倒是，”他承认说，“好吧，我就冒险打电话吧。”

他打完电话，若有所思地放下话筒，看了一会儿。他还想做最后的尝试。

“安吉拉，亲爱的，你看如果我们离得远远的……毕竟，孩子们信任我，他们是我的朋友，而且——”

但安吉拉毫不犹豫地打断他。

“戈登，别再跟我废话。你很善于思考。你应该知道这些孩子没有朋友。”

第十八章
面　谈

第二天上午，大家正在喝马德拉白葡萄酒吃饼干的时候，温郡的警察局长来到凯尔庄园。

“很抱歉为这事打扰你们，泽勒比。真是恐怖，太恐怖了。简直不可思议。我看村民们都说不出个因为所以来。我想你或许能帮我捋一捋是怎么回事。”

安吉拉身体向前靠。

“到底有多少死伤，约翰警官？我们还没得到官方通报。”

“恐怕很糟糕，”他摇摇头，“死者包括一女三男。八男五女住进了医院，其中两男一女伤势很重。有几个男人没有住院，但看样子进医院是迟早的事。这是常见的骚乱——大家一阵乱战。可为什么呢？我就不明白了。怎么会不分对象地打斗呢。”他转向泽勒比，“既然你打电话报了警，说有麻烦，最好说说你怎么会知道。”

“嗯，”泽勒比谨慎地开口说，“情况很奇怪——”

他妻子插了进来。

“是铁匠的妻子布兰特太太说的，”她接着描述了牧师离开时的情景，“我相信利博迪先生比我们更了解事情的经过。他去了现场，知道吗？我们没去。”

“他是去了现场，而且设法回到家里，但他现在在特雷恩医院。”警察局长说。

“噢，可怜的利博迪先生。他伤得重吗？”

“恐怕我不知道。那儿的医生告诉我现在不能打扰他。”他又转向泽勒比，“你告诉我的手下村民们要去农庄放火。你是从哪里得来的消息？”

泽勒比一脸惊讶。

“是布兰特太太说的。我太太告诉你了。”

“就这么简单！你没有亲自前去查看一下？”

“呃，没有。”泽勒比承认说。

“你是说，仅凭一个神神道道的女人的一面之词，你就报警，还说要派救护车？”

“是我要叫救护车的，”安吉拉有些冷淡地说，“我的判断没错，叫救护车是对的。”

“可仅凭这个女人的一面之词——”

“我认识布兰特很多年了。她这个人很有头脑。”

伯纳德插话说：

“如果泽勒比太太没有阻止我们去现场的话，恐怕我们现在要么躺在医院里，要么更糟。”

警察局长看着我们。

“我今晚太累了，”他最后说，“或许我还没有弄明白。你们似乎要说布兰特太太来这儿告诉你们村民们——正常的英国男人和女人，遵纪守法的温郡人，要游行到孩子们的学校，而且是他们自己的孩子，还要——”

“不全是这样，约翰警官。游行的是男人，或许有几个女人，但我想大多数女人是反对的。”安吉拉反驳说。

“好吧。这些男人，正常的、体面的农村人，他们要放火烧毁孩子们的学校。你们对此毫不怀疑。你们立马就相信了这么难以置信的消息。你们没想着核实一下，或者去现场看一下。你们只是打了电话——因为布兰特太太有头脑？”

“对。”安吉拉冰冷地说。

“约翰警官，”泽勒比也带着同样冷酷的口气说，“我知道你忙了一晚上，我也尊重你的职务，但我觉得如果我们要继续谈下去，就必须换个方式。”

警察局长脸上泛起红晕。他低下头，开始用硕大的拳头猛烈地揉捏额头。他向大家道歉，先是安吉拉，然后是泽勒比。他几乎带着悲哀说：

“但一切都说不通。我已经讯问了几个小时，一点头绪都没有。没有任何迹象表明这群人要烧毁农庄：他们碰都没碰农庄。他们只是相互打斗，男人和女人之间打斗——但他们是在农庄的地面上打斗。为什么？不仅是女人阻止男人，也不是一些男人阻止另一些男人。不是，看似一开始他们都是从酒馆出发一起来到农庄，除了牧师之外，没有谁阻止谁。除了几个女人支持牧师外，没人听牧师劝阻。他们的目的是什么？显然与学校的孩子有关，但是什么原因引起这样一场骚乱？根本说不通。”他摇摇头，沉思了一会儿，“我记得我的前任，老鲍吉尔警官说米德威奇十分怪异。天哪，他说得对。但究竟是怎么回事？”

“看来我最好引荐一下韦斯科特上校。”泽勒比指着伯纳德说。他有些愤愤不平地补充说：“他九年来一直在回避我，他的部门对米德威奇一直很感兴趣，或许他比我们更了解情况。”

约翰警官的注意力转到伯纳德身上。

“您是哪个部门的，先生？”他问。

听了伯纳德的回答，他的眼睛略微鼓胀出来。他似乎没了勇气。

“您说的是军情处？”他语气平淡地问。

“是的，先生。”伯纳德说。

警察局长摇摇头。“我得缴械了。”他又看了一眼泽勒比，眼神近乎绝望。“现在军情处又扯进来了。”他喃喃地说。

* * *

就在警察局长抵达凯尔庄园的同时，其中一个孩子——一个男孩——不慌不忙地走到农庄的车道上。正在门口聊天的两名警察停了下来。其中一人转身朝男孩走来。

“你要上哪儿去，孩子？”他温和地说。

男孩面无表情地看着警察，他奇特的金色眼睛十分警惕。

“回村里。”他说。

“你最好别去，”警察建议说，“村民对你们可不太友好——尤其是经过昨晚之后，他们可不友好。”

但男孩既没有回答，也没有停下脚步。他继续往前走。警察转身朝门口走去。他的同事惊讶地看着他。

“哎呀，”他说，“你是怎么做事的？我们的任务是保护他们不受伤害呀。”

第一位警官看着男孩走进巷子，一脸疑惑。他摇摇头。

“真是怪事，”他不安地说，“我不明白。如果再有孩子出来，你来试试，伯特。”

一两分钟之后，一个女孩出现。她也旁若无人地走了出来。

“好吧，”第二名警官说，“你要像父亲对孩子一样说话，明白吗？”

他开始朝女孩走去。

走了大约四步，他就转身回来了。两名警官肩并肩站着，眼睁睁看着她从身边经过。她甚至看都没看他们一眼。

“这他妈的是怎么……”第二名警官不解地问。

“真是怪事，哈？”另一位警官说，“你心里明明想这样做，结果却那样做了。我就不明白了。嘿！”他朝女孩喊道，“嘿！你，小姐！”

女孩没有转身。他追了上去，走了五六码远，突然停了下来。女孩走过巷子转弯，从视线里消失了。警官放松下来，转身回到原地。他呼吸急促，脸上的表情十分不安。

“我感觉有些不对劲，”他不悦地说，“这个地方有点诡异……”

* * *

来自奥普利的公共汽车，正要经过斯托奇村前往特雷恩，这时汽车在米德威奇停下，停在了韦尔特太太的商店对面。十一二个等车的妇女等着两名乘客下车，然后排着参差不齐的队伍上车。莱特莉小姐站在队伍前面，她抓住扶手，准备抬脚上车。但什么都没有发生。她的双脚像是被胶水粘到了地上。

“请大家快点！”检票员说。

莱特莉小姐又试了一下，还是无法动弹。她无助地看着检票员。

“站到一边去，让别人上车，妈妈。等会儿我扶你。”他说。

莱特莉小姐十分疑惑，只得听从吩咐。多莉太太走上前去，抓住扶手。她也无法再挪动一步。检票员伸手抓住她的胳膊往上拉，但她的脚离不开地面。她也站到莱特莉小姐边上，两个人看着第三个人同样上不了车。

“这是怎么回事？开玩笑吗？”检票员问，然后他看到了三位女士的表情，“对不起，女士们。没有冒犯大家的意思。这是怎么回事？”

莱特莉小姐没有看第四个女人做无用功，她看到一个孩子。他正若无其事地坐在镰刀与石头酒馆对面的站台上，脸朝这边，一条腿漫不经心地晃悠着。她离开公共汽车旁的人群，朝男孩走去。她一边走一边仔细打量男孩。尽管如此，她还是略带不安地说：

“你是约瑟夫，对吧？”

男孩摇摇头。她继续说道：

“我想去特雷恩探望约瑟夫的妈妈福莎姆小姐。她昨晚受了伤。现在正在住院。”

男孩继续看着她。他轻轻地摇摇头。莱特莉小姐的眼里流出气愤的泪水。

“你们造成的伤害还不够吗？你们简直就是怪物。我们只想去看看受伤的朋友——是你们伤害了他们。”

男孩一言不发。莱特莉小姐冲动地向前挪了半步，然后停下脚步。

“你们不明白吗？你们还有没有人性？”她颤栗地说。

在他身后，检票员带着疑惑和打趣地说：

“上来吧，女士们。别犹豫了。车又不会咬人，知道吧？你们到底要耽误到什么时候？”

这群妇女犹疑地站在原地，有人一脸恐惧。多莉太太又一次尝试上车。还是没用。两个女人转身狠狠地盯着男孩，男孩若无其事地看着她们。

莱特莉小姐无助地转过身，准备走开。检票员来了脾气。

“好吧，既然你们不上车，我们就走了。还得赶时间呢，知道吧？”

这群人一动不动。他坚决地打了一下铃，汽车继续开动。检票员看着她们怅然远去，摇了摇头。他缓慢地走到前面，和司机交谈起来，他引用当地的一句口头禅喃喃说道：

“奥普利人聪明伶俐，斯托奇人爱拍马屁，米德威奇人神神秘秘。”

* * *

自从两家人之间出现不可调和的矛盾之后，波莉·拉什顿离家来到村里，在教区里成了他舅舅的左膀右臂。她正开车载着利博迪太太去特雷恩探望牧师。医院打电话说，牧师在打斗中伤得不重，只是左桡骨骨折，右边锁骨断裂，还有多处撞伤，但他需要静养。他会很高兴有人探望他，安排一下他养伤这段时间内的工作。

但是，才出米德威奇两百码，波莉就突然刹车，开始掉头。

“我们忘了什么东西吗？”利博迪太太惊讶地问。

“没有，”波莉告诉她，“我往前开不了，仅此而已。”

“开不了？”利博迪太太重复说。

“开不了。”波莉说。

“真的吗，”利博迪太太说，“我早该明白，到了关键时候……”

“多拉舅妈，我说的是‘开不了’，不是‘不想开’。”

“我不明白你在说什么。”利博迪太太说。

“好吧，”波莉向前开了几码，掉头朝着出村的方向，“我们换个位置，你来开吧。”她说。

利博迪太太不情愿地坐到驾驶座上。她不喜欢开车，但还是接受了挑战。她们又向前开，正好到了波莉之前刹车的位置，利博迪太太也刹了车。她们身后响起喇叭声，一辆地址印着特雷恩的送货车从她们旁边挤了过去。她们眼见着货车转弯消失在视野里。利博迪太太想要踩加速踏板，但她的脚偏偏踩不到。她又试了一次，脚还是够不到。

波莉转身看到一个女孩坐在树篱丛中，看着她们。她仔细地看着她，想认出是哪个女孩。

“朱迪，”波莉忧郁地说，“是你干的吗？”

女孩微微点点头。

“你不要这么做，”波莉反抗说，“我们想去特雷恩看望休伯特舅舅。他受伤住院了。”

“你们不能去。”女孩告诉她，声音里略带歉意。

“可是，朱迪，他这段时间不在村里，有些事情要安排一下。”

女孩缓缓地摇摇头。波莉来了脾气。她吸了口气，刚要开口，利博迪太太拦住了她，紧张地说：

“不要惹她，波莉。昨晚的教训还不够吗？”

听了她的话，波莉没再说什么。她看着树篱丛里的孩子，沮丧和愤恨一起袭来，泪水打湿了眼眶。

利博迪太太顺利地挂上倒挡。她尝试着踩加速踏板，结果发现毫无问题。她们倒了几码，然后换回座位。波莉一声不响地开回了牧师住所。

* * *

在凯尔庄园里，我们还在与警察局长周旋。

“可是，”他皱起眉头反驳说，“我们的消息支持你们最初的说法，村民们正朝农庄游行，准备放火烧掉这个地方。”

“是这样。”泽勒比同意地说。

“但你也说了，而且韦斯科特上校也同意，农庄里的孩子们是真正的肇事者，事情是他们挑起的。”

“对，”伯纳德同意地说，“不过恐怕我们什么都做不了。”

“你是说找不到证据？嗯，找证据是我们的工作。”

“我不是说找不到证据。我的意思是说按照法律他们无需担责。”

“你看，”警察局长颇有耐心地说，“四个人死了——我再说一遍，死了四个；三个人住院；还有许多人受伤。这可不是说一句‘很遗憾’就能算了的事。我们必须将案情公开，划定责任，起诉凶手。这一点你必须明白。”

“这是些很特别的孩子。”伯纳德开口说。

“我知道。我知道。这地方有许多私生子。我接手的时候老鲍吉尔警官告诉过我。智力也不健全——所以才建立了特殊学校，诸如此类。”

伯纳德叹了口气。

“约翰警官，不是说他们智力不正常。建立这所特殊学校是因为他们不一样。他们在道德上应该为昨晚的事负责，并不意味着他们在法律上应该负责。你没办法起诉他们。”

“未成年人也可以起诉，或者有人应该为他们担责。你不是要说一群九岁的孩子能——虽然我看不出是怎么回事——挑动人们自相残杀，却能不受惩罚吧！真是异想天开！”

“可我已经说了好几次，这些孩子不一样。这跟他们几岁没关系——他们虽然是孩子，他们的行为却十分残忍。法律拿他们没办法——我的部门不想让他们遭到曝光。”

“荒谬，”警察局长反驳说，“我对这些特殊学校已经有所耳闻。孩子们肯定不像你说的什么来着：非常沮丧。自我表达，男女合校，全麦面包，诸如此类。纯粹是无稽之谈！如果他们正常，他们会对这些不同的待遇感到更加沮丧。如果某些部门觉得因为这种学校是政府设立的学校，在法律面前就可以区别对待的话，或者可以——为所欲为的话——那么，他们很快就会学到不同的东西。”

泽勒比和伯纳德交换了一下无助的眼神。伯纳德准备再做一次尝试。

"约翰警官，这些孩子有很强的意志力——非常强——强到如果他们运用意志力，就可以胁迫别人。现有的法律并没有遇到这种特殊的胁迫；对这种情况一无所知，因此就没有将其考虑在内。既然这种胁迫在法律上并不存在，从法律上讲就不能说这些孩子实施了胁迫。因此，从法律的角度讲，大家普遍接受的有关实施胁迫的观点包括（一）这种犯罪从来没有发生，或者（二）这种犯罪是由其他人或者其他方式造成的。按现有的法律知识，这些孩子与罪行之间没有任何联系。"

"如果不是他们，你们还能告诉我别的吗？"约翰警官说。

"从法律上讲，他们什么都没做。而且，就算你能找到办法起诉他们，也不会有什么结果。他们会同样胁迫你们的警官。你们既不能逮捕他们，也不能关押他们，如果你们想这么做的话。"

"我们可以把这些细节留给律师，这是他们的工作。我们只需要找到足够的证据实施抓捕。"警察局长说。

泽勒比若有所思地看着天花板一角。伯纳德沉默不语，像是在数数的样子。我则轻轻地咳嗽一声。

"农庄的校长——叫什么名字——托兰斯？"警察局长继续说，"他是学校主管。如果有人要为这些孩子担责，非他莫属。昨晚我看到他。有点儿闪烁其词。当然，这儿的每个人都闪烁其词。"他故意不看大家的眼睛，"但他肯定负有管理责任。"

“托兰斯医生不是校长，他是位优秀的精神病学家，”伯纳德解释说，“我想在接受别人的建议之前，他可能还不知道怎么正确处理这件事情。”

“精神病学家？”约翰警长重复地说，话里透着疑虑，“你不是说这里的孩子智力发育迟缓吗？”

“不是。”伯纳德耐心地重复说。

“不知道他有什么好犹疑的。事实没有什么疑问，对吧？警察讯问的时候你们只需要实话实说：如果你们不说实话，那就有麻烦了——你们肯定会有麻烦的。”

“事情没这么简单，”伯纳德回应说，“他可能没有权利披露他的工作。我想如果你让我跟你一起再去见他一次，他会更愿意配合——而且他会比我说得更清楚。”

他说完就站起身。我们也都站起身。警察局长的道别十分粗鲁。伯纳德对大家说再见的时候只是右眼略微闪烁了一下，然后陪着警长走出房间。

泽勒比一屁股坐进安乐椅，深深地叹了口气。他心不在焉地翻找自己的烟盒。

“我没见过托兰斯医生，”我说，“但我已经开始为他感到难过了。”

“没必要，”泽勒比说，“韦斯科特上校的谨慎很让人恼火，但他是被动的谨慎。托兰斯的谨慎却一直很主动。如果他现在必须向约翰警长说明情况的话，那就是罪有应得。”

“但是现在我对你们韦斯科特上校的态度更感兴趣。他稍稍放下了提防。如果他能对约翰警长透露些消息，我相信他也能够向大家透露些消息。不知道为什么？在我看来，这就是他一直竭力避免的情况。米德威奇这只口袋现在已经藏不下这只猫。那为什么他没有表现出担忧呢？”他陷入沉思，在椅子扶手上轻轻地敲打着。

这时安吉拉又来了。泽勒比老远就发现了她。他过了一会儿才回过神来，看着她的表情。

“怎么了，亲爱的？”他问道，想想又说了一句，“我以为你去了特雷恩医院呢，还带了很多东西。”

“我是准备去，”她说，“现在又回来了。看来我们没法离开村庄。”

泽勒比坐起来。

“这就怪了。这个老家伙不会把全村人都逮起来吧。作为治安法官——”他愤怒地说。

“不是约翰警长干的。是孩子们。他们把住了所有路口，不准我们离开。”

“真的吗？”泽勒比惊叹道，“这就有意思了，我想知道——”

“有个鬼意思，”他妻子说，“这感觉很难受，让人气愤。也很令人担忧，”她补充说，“因为我们不知道他们想干什么。”

泽勒比问她是怎么回事。她解释之后说：

“只有我们受限制，知道吧——我的意思是，住在村里的人。其他人可以自由进出。”

“他们没有动粗吧？”泽勒比有些焦虑地问。

“没有。你不得不停下。好几个人已经报警，警局已经开始调查。当然，没什么用。孩子们没有阻拦警察，也没有刁难他们，所以他们自然不明白到底是怎么回事。唯一的结果是许多听说米德威奇有问题的人开始深信不疑。”

“他们这么做肯定有原因——我指的是这群孩子。”泽勒比说。

安吉拉怨恨地看着他。

“我敢说，这会引起很大的社会学兴趣，但这不是当前的焦点。我想知道该怎么办。”

“亲爱的，”泽勒比安慰她说，“你的感觉不错，但我们早就知道，如果孩子们有意对我们做什么，我们根本阻止不了。现在，我也不知道是出于什么原因，看来现在他们准备有所行动。”

“可是，戈登，现在有人伤势严重，住在特雷恩的医院里。他们的亲人想去探望他们。”

“亲爱的，我不知道你能做什么，除非找一个孩子，动之以情地谈一谈。他们可能会考虑一下，但这就要看他们为什么要这么做，你觉得呢？”

安吉拉皱起眉头，不满地看着丈夫。她准备开口，又改变主意，一脸责备地走开了。门关上时，泽勒比摇了摇头。

“男人的傲慢只是自吹自擂，”他说，“女人的傲慢深入骨髓。我们偶尔会想起那些曾经称霸一时的恐龙，并思考我们的时代会在何时以何种方式结束。但女人不是。女人的永恒在于她的信仰。战争和灾难有起有落，种族有兴有亡，帝国有盛有衰，但这些都是外在：女人是永恒的，女人是本质的；她将永远存在。她不相信恐龙；直到她来到这个世界，她才相信这个世界曾经存在过。男人会建造、破坏并玩弄各种玩具；他们焦躁不安、生命短暂、上蹿下跳，而女人则与生命之树紧密相连，她知道自己不可或缺。我想知道，雌性恐龙是否也有这样坚定的感觉。"

他停了下来，显然想得到回应，于是我说：

"这与现在的情况有什么关系？"

"男人觉得自己被取代的想法很可恶，而女人觉得这种想法绝不可能。既然她无法想象，她肯定会觉得这种假设是愚蠢的。"

似乎又该我发话了。

"如果你的意思是说我们看到了泽勒比太太没有看到的事情，恐怕我……"

"可是，亲爱的朋友，如果我们没有被'不可或缺'的思想蒙蔽双眼的话，我们肯定能够相信，我们就像其他的造物主一样，总有一天会被取代。可能出现两种情况：一是自我毁灭，二是我们无法抵御的物种入侵。好吧，此时此刻我们正面临着高等意志和心灵。我们能拿什么来对付它呢？"

"这，"我说，"像是失败主义者的论调。依我看，如果你是认真的，这难道不是从小例子得出大结论吗？"

“这件事刚一开始的时候我太太也是这么对我说的，”泽勒比承认说，“她还嘲笑说这么离奇的事情竟然会发生在如此平凡的英国村庄。我还劝她说，无论这事发生在哪里，都一样非凡，但她不以为然。她觉得，如果这件事发生在外国——例如巴厘岛的村庄，或者墨西哥的村落里——就不会这么非凡；只不过是发生在别人身上的事情而已。不幸的是，这件事就发生在这里，而且毫无逻辑。”

“我担心的不是发生在哪里，”我说，“而是你的假设。你引以为然地认为这群孩子可以为所欲为，而且没人能阻止他们。”

“你真是迂腐到家了。或许有可能阻止他们，但肯定不会容易。从身体上看，与许多动物相比，我们软弱得可怜，但我们能战胜它们，因为我们的大脑更聪明。唯一能打败我们的是更聪明的大脑。在这方面几乎不构成威胁：一方面，它几乎不可能会出现；另一方面，我们更不可能让它生存下来，成为威胁。

“但事实摆在面前——潘多拉无限进化盒子里的另一个小把戏：一个融合的心灵——两个马赛克，一个有三十片，另一个有二十八片。我们的大脑相互独立，彼此之间的联系十分笨拙，怎么可能与三十个联合如一的大脑抗衡呢？”

我对此提出反驳，就算是这样，这些孩子在九年之内积累的知识也不可能对抗整个人类的知识，但泽勒比摇摇头。

“政府出于某种原因已经向他们提供了优秀的师资，因此他们掌握的知识相当可观——的确如此，这我知道，因为我有时候也给他们上课，你知道的——这一点很重要，但这还不是威胁所在。我们都知道弗朗西斯·培根说过：知识就是力量。大家肯定会觉得遗憾，杰出的学者有时会胡说八道。百科全书里全是知识，但什么都做不了；我们都认识一些记忆力超常的人，但他们没有能力使用这些知识；计算机可以处理大量的知识；但是只有理解这些知识才能发挥作用。知识只是一种燃料；它需要理解的发动机将其转换成能量。

“现在，我害怕的是，他们的理解能力相当于我们的三十倍，只需借助少量的知识燃料，他们就能产生大量能量。等这些孩子成年之后他们能产生的能量我简直不敢想象。”

我皱起眉头。像往常一样，我对他说的话有些怀疑。

“你认真地坚持说我们无法阻止这五十八个孩子选择路径？”我坚持问。

“对，”他点点头，“你觉得我们能做什么？你知道昨晚众人身上发生了什么；他们准备攻击这群孩子——结果，他们受到驱使，相互攻击。派警察来，还是一样的结果。派军队来，他们也会相互射击。”

“有可能，”我承认道，“但肯定有别的办法对付他们。从你告诉我的情况来看，没人了解他们。他们似乎很早就在感情上脱离了他们的宿主母亲——如果他们曾经有过我们所说的感情的话。大多数孩子都选择与家庭分居。因此，村里人不了解他们。在很短的时间里，多数人似乎都没有将他们当作个体。大家觉得他们彼此之间很难区分，习惯将他们视作集体，他们似乎变成二维的人物，脱离了现实。”

泽勒比对这一点很赞同。

“你说得很对，亲爱的朋友。大家缺少正常接触和同情。但这不全是我们的问题。我自己尽可能与他们保持亲近，但仍然有很大隔阂。尽管我很努力，但仍然发现，就像你说的，他们给人的印象是二维的。我敢肯定，农庄里的职工也不会好到哪里去。”

“那么问题仍然存在，”我说，“我们怎么收集更多数据？”

我们思考了一阵，直到泽勒比停止思考说：

“你有没有想过你自己在这里的身份，亲爱的朋友？如果你想今天离开，或许你可以发现这些孩子是否将你视作我们中的一员？”

这一点我倒是没有想到，我觉得有些惊讶。我想弄个明白。

看来，伯纳德已经坐警长的车走了，于是我借他的车测试一下。

我在奥普利路上找到了答案。那是一种很奇怪的感觉。我的手和脚受到引导，让我不由自主地停下车。一个女孩坐在路边，嘴里叼着一根草，面无表情地看着我。我想再次挂挡，但手不听使唤。脚也够不到离合器踏板。我看着女孩，告诉她我的家不在米德威奇，我想回家。她只是摇摇头。我又试了一下拉杆，发现我唯一能扛的就是倒挡。

“嗯，”我回去的时候泽勒比说，“看来你已经成为荣誉村民了，对吧？我想你也是。记得提醒我，让安吉拉告诉厨师，有位客人。”

* * *

就在我和泽勒比在凯尔庄园里聊天的时候，农庄里也在进行一场谈话，谈话的内容相似，但方式不一样。在韦斯科特上校面前，托兰斯医生感觉得到了授权，更加大胆地回答了警长的问题。到这个地步，再也无法掩饰一个事实，那就是各方缺乏协调。医生十分疑惑，他可怜巴巴地说：

“恐怕这事儿我也说不清，约翰警长。”

警察局长不耐烦地哼了一声。

“实不相瞒，大家都这么说；好像这里没有哪个人清楚。每个人都在向我提供信息——但没有提供半点有价值的证据——证明这群可恶的孩子该为昨晚的事负责——连你这个负责人都说不清。坦白说，我压根儿不明白一群年轻孩子怎么会无法无天到引发一场骚乱。我也不明白我为什么要纠缠这件事儿。但作为警察我得找出元凶，想看看他有什么话说……”

“可是，约翰警长，我已经说了，不存在元凶……”

“我知道，我知道。我听到了。这里所有人都是平等的——从理论上说没错，但你也知道，每一群人中都有一些家伙比较突出，你就是要找这样的人。管好他们，你就能管好剩下的人。”他期待地停了下来。

托兰斯医生无助地看了一眼韦斯科特上校。伯纳德轻轻地耸耸肩，微微地点点头。托兰斯的表情变得更加不悦。他不安地说：

“很好，约翰警长，既然您已经下了命令，我别无选择，但我请您务必注意言辞。这些孩子非常……呃……敏感。”

他用的最后一个词很不幸。在他自己看来，这是个专业词汇；在警长看来，这个词是糊涂的母亲对溺爱的孩子使用的词眼，并不能让他更加同情这些孩子。托兰斯医生起身离开房间的时候警长发出了不赞成的声音。伯纳德准备再强调一遍医生的忠告，但他的嘴巴张开了一半又停了下来，他知道这样只会让警长更加恼怒，让事情变得更糟。伯纳德心想，常识的可恶之处在于，它在合适的土壤中可能长出无价之宝，在其他土壤中却会变成有害的杂草。于是两人一声不吭地等着医生回来。医生带了一个男孩进来。

“这是埃里克。”他介绍说。他又对孩子说：“约翰警长想问你几个问题。这是警长的职责，知道吧，他要对昨晚的事情做个报告。”

男孩点点头，转身看着约翰警长。托兰斯医生又坐到他的办公桌旁，专注而又不安地看着两人。

男孩的眼神冷静而又谨慎，但没有表现出任何倾向性；

眼神里没有流露出任何情绪。约翰警长也同样冷静地看着他。他想，这孩子看起来很健康。有点儿瘦，但没到瘦骨嶙峋的程度，只是略微偏瘦。从表情上看不出什么；脸长得很好看，但没有貌美的男性通常伴有的虚弱；另一方面，脸上也没有显示出力量——嘴巴确实有点小，但还不算太小。从整张脸上看不出什么端倪。不过，眼睛比他预想得还要惊人。别人告诉他这些孩子的眼睛虹膜是奇特的金色，但没人说过他们的眼睛有一种惊人的柔美——一种从内部散发出柔光的奇异效果。他感到一阵不安，然后他镇定起来；他提醒自己他面对的是某种怪胎；男孩只有九岁，看起来足有十六岁的样子，而且他们是按照这些莫名其妙的自我表现、非抑制理论培养起来的。他打算按照孩子表现出来的年龄来对待他，不是像大人对孩子，而是像大人对大人一样。

“昨晚的事情很严重，”他说，“我们的职责是做好善后，查明真相，找出凶手，等等。人们都说你和这儿的孩子们就是凶手，你怎么说？”

“不是。”男孩迅速回答说。

警察局长点点头。无论如何，对方不会立即承认。

“那情况究竟是怎么样的？”他问。

“村民们要来烧掉农庄。”男孩说。

“你能肯定吗？”

“他们自己说的，那么晚了他们来这儿没有别的理由。”男孩说。

“好吧，现在我们先不谈为什么。我们从这儿开始吧。你说有人要来烧掉这个地方。是不是其他人来阻止他们，所以大家就打起来了？”

“是的。”男孩同意地说，但不那么肯定。

“那么，实际上，你和你的朋友们与这件事无关。你们只是旁观者？”

“不是，”男孩说，“我们必须保护自己。我们有必要保护自己，否则他们就会纵火烧毁房子。”

“你的意思是说你们喊了一些人来阻止别的人，对吗？”

“不对，”男孩耐心地回答说，“我们驱使他们互相打斗。我们本来可以让他们离开，但若是这样做，他们很可能改天还会回来。现在他们不会再回来了，他们已经明白最好不要惹我们。”

警长停了下来，有点不知所措。

“你说‘驱使’他们相互打斗。你们怎么做到的？”

“这很难解释。恐怕你理解不了。”男孩公正地说。

约翰警长的脸开始涨红。

“不管能不能理解，我想听听。”他想抑制自己但又做不到。

“没用的。”男孩告诉他。他说得轻描淡写，毫不隐晦，像在陈述客观事实。

警长脸色变得更红。托兰斯赶紧接话说：

“这件事很难理解，约翰警长，多年来我们所有人都在尝试解读，但收效甚微。只能这么说，这些孩子通过意念

‘驱使’众人相互打斗。”

约翰警长看了看医生，又看了看男孩。他喃喃自语，但克制住自己。这时，他深吸两三口气之后，有些不耐烦地对男孩说：

“不管你们是怎么做到的——我们稍后再讨论这个——你承认你们负有责任？”

“我们有责任保护自己。”男孩说。

“这可是出了四条人命，十三人身受重伤——你们本来可以让他们离开呀。”

“他们想杀害我们。”男孩冷漠地说。

警长凝视男孩许久。

“我不明白你们是如何做到的，但此时此刻我相信你的话，是你们干的；而且当时没有必要。”

“他们会再来的。到时就有必要了。”男孩回答说。

“这你没法确定。你的态度太可怕了。难道你们对这些不幸的人没有一点同情心吗？”

“没有，”男孩告诉他，“为什么要同情他们？昨天下午他们有人杀了我们一个同伴。现在我们必须保护自己。”

“但不能私自报复。法律可以保护你们，法律可以保护大家——”

“法律并没有阻止威尔弗雷德被枪杀；法律昨晚也没有保护我们。法律只是在犯罪分子得逞之后实施惩罚：对我们来说毫无用处，我们想活命。”

“可……按你自己说的……你们就不想让别人活命。”

"我们有必要绕弯子吗?"男孩质问说,"我已经回答了你的问题,因为我们觉得有必要让你了解事情的经过。既然你还是不明白,恕我直言。但凡有任何人企图干涉或者骚扰我们,无论是谁,我们都会自卫。我们要表明我们能够自卫,我们希望发出足够的警告,防止进一步的滋扰。"

约翰警长盯着男孩,说不出话来,只见他捏紧拳头,指关节发白,脸色发紫。他准备起身揍他一顿,转念一想又坐了回去。过了几秒他才开口说话。这时,他用近乎沙哑的声音对默然看着他的男孩说:

"你这个该死的小流氓!你这个无耻的混蛋!你竟敢这样对我说话!你知不知道我是县警察局长?如果你不知道,我倒要让你瞧瞧,我会让你见识一下。你就这样对长辈说话吗?你这个自命不凡的毛头小子!说什么'骚扰'你们,你们要自卫,说真的是吧!你以为你是谁呀?小子,我要让你好好学学——"

他突然停了下来,坐在那里盯着男孩。

托兰斯的身体从桌上探过来。

"埃里克——"他开口阻止,但没有动。

伯纳德依旧谨慎地坐在椅子上,看着眼前发生的一切。

警察局长的嘴巴耷拉下来,下颚略显松弛,眼睛瞪大,而且越瞪越大。他的头发略微竖立起来。汗珠从额头和太阳穴上冒出来,顺着脸颊流淌。他的嘴巴发出模糊不清的声响。眼泪流淌到鼻梁两边。他开始颤抖,但无法动弹。随后,过了好几秒钟,他开始动弹。他举起颤抖的双手，抚摸着脸颊，发出奇怪而尖厉的叫声。他从椅子上滑倒在地面上，双膝着地，倒向前方。他趴在地毯上，不停颤抖，发出响亮的嘶嘶声，仿佛要扒开地毯钻进去。突然，他吐了。

男孩抬起眼睛，像是回答问题一样对托兰斯先生说：

“他没有受伤。他想吓唬我们，所以我们要给他点颜色看看。现在他会明白。等他的腺体恢复平衡，他会没事的。”

然后他转身离开房间，留下两个男人面面相觑。

伯纳德掏出手帕，擦了擦额头上的汗珠。托兰斯医生一动不动地坐着，面色煞白。他们转身看着警察局长。此时约翰警长松软地躺在地上，尚未恢复知觉，他深深地喘气，偶尔身体猛烈地颤抖一下。

“天哪！”伯纳德感叹说，他又看了一眼托兰斯，“你竟然在这里待了三年！”

“我从来没有见过这么离谱的情况，”医生说，“我们怀疑过各种可能性，但从没有这么大的敌意——而且，有了这一回，感谢上帝！”

“是啊，不然你们可能会闯下大祸。”伯纳德说。他又看了一眼约翰警长。

“得在这家伙恢复之前把他带走。我们最好也离开这里——出了这种状况，在场的人也脱不了干系。让他手下来把他带走吧。就说他疾病发作。”

五分钟后，他们站在台阶上，看着尚未恢复神智的警察局长被开车接走。

"'等他的腺体恢复平衡，他会没事的'！"伯纳德喃喃地重复道，"他们似乎对生理学比对心理学更加了解。只怕从此以后，这个男人已经被他们彻底摧毁。"

第十九章
僵　局

伯纳德回到凯尔庄园之后，喝了几杯浓烈的威士忌，他脸上震惊的神情才缓和下来。他讲述了警察局长在农庄灾难性的面谈经历之后说道：

“知道吗？这群孩子身上有一个不成熟的地方，那就是他们无法判断自身的力量。除了控制村庄之外，他们所做的每一件事都超出了限度。他们的出发点倒是有情可原，但实际行为的效果总是不可宽恕。他们想吓唬约翰警长，让他明白干涉他们并不明智；但他们不仅采取了必要的措施；他们做得太过，把这家伙吓傻了。他们让他堕落到令人作呕，这就完全不可原谅。”

泽勒比用温和而又理智的腔调问：

“我们这么看是不是有些狭隘？上校，你说‘不可原谅’，前提是他们希望被原谅。可他们为什么要寻求原谅？我们射杀胡狼和野狼的时候会不会考虑要它们原谅？我们不会。我们只会考虑不让它们为害。

“实际上，今天我们已经十分发达，根本不需要猎杀野狼——实际上，我们大多数人已经忘记与另一个物种生死搏斗意味着什么。但是，一旦有这种必要，我们会毫无懊悔地支持除掉威胁，无论是狼、昆虫、细菌还是可过滤病毒；我们毫不留情，也不求原谅。

“摆在这群孩子面前的情况是，我们还没有意识到他们对我们的物种是一种威胁，但他们毫无疑问认为我们对他们的物种是威胁。他们想要生存。我们可能要好好想想这意味着什么。我们每天都可以在花园里看到；这种生存斗争无时无刻不再上演，它痛苦、无序，毫无怜悯或者同情可言……”

他语气平静，但是毫无疑问，他的意图十分明确；然而，泽勒比总有这个问题，他在理论和现实情况之间总是不遑解释，因此很难让人接受。

这时伯纳德说：

“现在这群孩子已经改变了态势。他们时不时会劝说和施压，但除了一开始的几次意外，几乎没有采取暴力手段。现在有了这一回。你觉得这是个开始，还是事态已经激发？”

“毫无疑问，”泽勒比说，“在吉姆·波尔出车祸之前，根本没有这种迹象。”

“这就是了……让我想想……是上周三，七月三日。我想……”他开始说，这时午饭铃声响了。

* * *

“到目前为止，我对外星人侵的经历，”泽勒比一边调制他喜爱的色拉酱汁一边说，“都是想象的——的确，甚至可以说是假设的想象，抑或说是想象的假设？”他思忖了一会儿，然后说，“无论如何，相关经历很丰富。但奇怪的是，我想不起任何描述能够帮助我们解释当前的困境。这些经历几乎千篇一律都很令人不适；但与此同时，也都很直截了当，从不像这样阴险狡猾。”

“以 H. G. 威尔斯的《火星人》为例，尽管他们是最早使用死亡射线的人，给人的感觉很吓人，但他们的行为十分传统：他们只是利用这种无敌的武器发动直截了当的进攻。但至少我们可以反击，而在这起事件中——”

“别吃红辣椒，亲爱的。”他妻子说。

“别吃什么？”

“别吃红辣椒，容易打嗝。”安吉拉提醒他。

“对。糖在哪儿？”

“在你左手边，亲爱的。”

“哦，对……我说到哪儿了？”

“说到 H. G. 威尔斯的《火星人》。”我说。

“对。嗯，这是各种外星人入侵故事的原型。故事里人类用可怜的武器勇敢地对抗一种超级武器，直到他们被某种罩子拯救。当然，美国外星人入侵的故事更宏大也更出色。一般是有东西降落，有东西从里面出来。由于这个国家的通信技术十分发达，十分钟之内，从东海岸到西海岸，举国上下一片惊慌，出城的所有道路上，各条车道都拥堵起来，挤满逃跑的人群——只有华盛顿除外。相比之下，华盛顿则是另一番景象，大批人群严肃而沉默地站着，一眼望不到头，大家脸色苍白但信心不减地盯着白宫，而在卡兹奇山的某处地方，一个迄今为止一直受到忽视的教授和他的女儿，还有坚毅的年轻助手像焦躁不安的产婆一样努力，帮助建立实验室，在最后一刻拯救世界。

“我觉得，在我们国家，听到这样的入侵报告，至少在某些地方人们首先会怀疑事情的真假。不得不说，美国人最了解他们自己。

“但总体上，是怎么回事呢？只是一场新的战争。战争的动机被简化，战争的武器被复杂化，但模式没变，因此，当这种事情发生时，所有的预言、推测和结论对我们来说毫无参考价值。想想预言家花费在上面的心思，看起来真有点儿可怜，对吧？”

他赶忙吃沙拉。

“我又遇到了老问题，不知道你说的话该从字面理解呢，还是有什么比喻意义。”我说。

“这一次你从字面上理解就好，绝对的。”伯纳德插话说。

泽勒比斜着眼睛看了他一眼。

“就这样吗？就不反驳一下？”他问道，“上校，告诉我你从什么时候接受了入侵这回事？”

“大约八年前吧，”伯纳德说，“你呢？”

“差不多也是这么久，或许比这早点儿。我之前不喜欢这种想法，现在也不喜欢这种想法，或许以后更不喜欢这种想法。但我不得不接受。你知道福尔摩斯公理吧：‘排除一切不可能的因素，剩下的因素不管看起来多么不可能，就是真相。’但我不知道官方也是这么认为的。你们当时决定怎么处理？”

“噢，我们尽力将他们隔离在这里，观察他们受教育的情况。”

“我可得说，这倒是做得很成功呀。为什么要这样？”

“等会儿，”我插话说，“我又遇到了老问题，到底是不是说真的呀？你们两个都觉得这些孩子是入侵者吗？他们真是来自地球之外？”

“看到了吗？”泽勒比说，“不是举国上下一片恐慌，而是怀疑事情的真假。我早就说过了。”

“我们是说真的，”伯纳德告诉我，“这是迄今为止我们部门唯一没有排除的假设——当然，尽管我们掌握的证据比泽勒比先生的证据更多，有些人至今仍然不愿接受。”

“啊！”泽勒比的注意力突然被吸引，他正挑起一叉子绿色食物，“是不是要告诉我们军事情报处为什么对我们感兴趣了？”

“我想，到现在再也没有理由捂得这么死了，”伯纳德承认说，“我知道一开始你自己对我们为什么会感兴趣做了不少调查，泽勒比，但我觉得你不可能得到任何线索。”

“那到底是怎么回事？”泽勒比问。

“很简单，米德威奇并不是唯一，也不是第一个经历‘迷失日’的地方。而且，在那个时间点的前后三个星期，雷达监测发现了许多不明飞行物。”

“啊？真是见鬼！”泽勒比说，“哎，白费力气了，白费力气了……那就是说还有别的孩子出现啦？在哪里？”

伯纳德不慌不忙，他故意继续说：

“澳大利亚北部一个小镇发生了一起。那里显然出了问题。三十三名妇女怀孕，但不知何故所有的孩子都夭折了；多数在出生之后几个小时就死了，最大的只活了一个星期。

“加拿大北部维多利亚岛的爱斯基摩人定居地也发生了一起。当地居民对这件事讳莫如深，但据说孩子降生后，他们十分愤怒，甚至感到警觉，因为这些孩子与他们的种族不一样，于是他们立即将这些孩子冻死。不管怎么样，这些孩子无一幸免。顺便一提，与米德威奇的婴儿返回村庄的事件结合起来看，他们的胁迫能力只有到了一两周大才开始形成，此前他们可能只是个体。还有一起‘迷失日’事件发生在……”

泽勒比举起手。

“让我猜猜。发生在铁幕后面吧？”

“目前已知铁幕后面发生了两起，”伯纳德纠正道，“一起发生在伊尔库茨克地区，靠近外蒙古边境——这是一起十分严重的事件。人们认为这些妇女与魔鬼交媾，因此她们和孩子们一起被杀死。另一起发生在东部，位于鄂霍茨克东北山区一个名叫吉日斯克的地方。或许还有其他地方，但我们无从知晓。可以肯定，南美和非洲也有发生，但无法证实。当地居民守口如瓶。甚至可能有些偏僻的村子消失了一天根本无人知晓——在这种情况下，这些孩子更是令人疑惑。在我们已知的大多数例子中，这些孩子或被视为怪胎，或被杀死，但我们怀疑在有的地方他们可能被隐藏起来。"

"我看，在吉日斯克肯定不会被隐藏起来吧？"泽勒比插话说。

伯纳德看着他，嘴角略微抽搐了一下。

"你错得倒不离谱，对吧，泽勒比？你说得对——吉日斯克没有隐藏。那里的迷失日比我们早一个星期发生。我们三四天后收到报告。俄国人很担心。这里也发生之后至少对我们还有点儿宽慰：因为我们知道他们与此无关。他们得知了米德威奇的消息之后也感到宽慰。同时，我们的特工关注着吉日斯克的情况，后来报告说当地的妇女同时怀孕。我们没有意识到这一点有什么意义——觉得有些奇怪，但没有什么意义，只是多了些谈资——但这时我们发现了米德威奇的情况，才来了兴趣。孩子出生之后，俄国人面临的情况更简单；他们封锁了吉日斯克——这地方相当于米德威奇两倍大小——我们的消息就此中断。我们不能封闭米德威奇，因此我们得换个方法，在当时的情况下，我想我们做得不错。”

泽勒比点点头。“我明白了。陆军部假装不太了解我们这里的情况，或者俄国的情况。但是，如果俄国人培养出一群天才，我们也得有同样的一群人来对抗他们？”

“大抵是这样。后来很快就发现他们与众不同。”

“这我看得出来，”泽勒比说，他悲伤地摇摇头，“我从来没想过米德威奇并不是唯一受到影响的地方。不过，现在我明白了，既然你承认外星人入侵，你肯定掌握了别的证据。我说呢，如果只有这里发生，你不会这么肯定，所以肯定别的地方也发生了，比方说吉日斯克。那里有没有什么新的进展，说不定我们这里的孩子身上也会出现？”

伯纳德把刀叉整齐地摆在盘子上，看了一眼，然后抬起头。

“远东军，”他慢条斯理地说，“最近装备了一款新型中程原子大炮，射程据说在五十到六十英里。上周他们进行了第一次现场试验。吉日斯克镇已经不复存在……”

我们盯着他。安吉拉一脸恐怖，身体向前靠。

“你是说——所有人都被消灭了？”她半信半疑地说。

伯纳德点点头。“所有人。整个地方尽被摧毁。一旦发出警告，这些孩子就会知道。而且，这么做之后官方可以借口说试验过程中计算失误——或者说遭到蓄意破坏。”

他又停了下来。

“官方这样通报，”他重复说，“只蒙得了国内的普通群众。但我们从俄国的渠道得到准确情报。具体细节保密甚严，可毫无疑问其中说的就是吉日斯克，几乎在采取行动的同时就传了回来。情报没有直接提及米德威奇，但确实发出了强烈的警告。在对这些孩子进行描述之后，认为无论他们身处何处，不仅是国家威胁，而且是种族威胁。它呼吁各国政府毫不犹豫地‘消灭’他们。情报的语气十分坚决，甚至不乏恐慌。它反复强调，甚至恳求说，必须迅速采取措施，这么做不仅是为了某个国家、某个大陆，这些孩子是全人类的威胁。”

泽勒比用手描着桌布的锦缎花纹，过了一会儿抬起头。他说：

“军事情报处对此有什么反应？是不是在想俄国人这一次又在耍什么花招？”他又开始在桌布花纹上比画。

“我们多数人这么想，但有些人没有。”伯纳德承认说。

这时泽勒比又抬起头。

“你说他们上个星期炸了吉日斯克。哪一天？”

“星期二，七月二日。”伯纳德告诉他。

泽勒比缓慢地点了几下头。

“很有趣，”他说，“但是我在想，我们的人怎么知道……”

* * *

刚吃完中饭，伯纳德就说他要去农庄。

“约翰警长在的时候我还没来得及跟托兰斯谈一

谈——后来出事之后，我们都需要休整一下。”

“你准备怎么应对这些孩子，我想你不会告诉我们吧？”安吉拉问。

他摇摇头。“如果我有想法，那肯定是官方的秘密。托兰斯了解他们，我想看看他有什么建议。希望一个小时左右回来。”他离开的时候说。

他出了前门，机械地走到车边，伸手抓住把手，但突然改变了主意。他觉得，锻炼一下或许会使他更加精神，于是他轻快地走下车道。

大门外面，一位身穿蓝色花呢套装、身材矮小的女士看着他，表情有些犹豫，然后朝他走来。她脸色绯红，但她坚决地走上前来。伯纳德抬了一下帽子。

“你不认识我。我是兰姆小姐，但我们大家都认识你，韦斯科特上校。”

伯纳德微微鞠了个躬，心想“我们大家”（显然指的是米德威奇所有村民）对他了解多少，又了解了多长时间。他问对方有什么可以效劳的。

“跟这些孩子有关，上校。你们准备怎么办？”

他尽量诚实地告诉她，目前还没有决定。她一边听着，一边目不转睛地看着他的脸，戴着手套的双手紧紧扣在一起。

“你们不会伤害这些孩子吧？”她问，“哦，我知道昨晚的事很恐怖，但这不是他们的错。他们还不懂事。他们还太年轻。我知道他们看起来像是真实年龄的两倍，即便如此也很年轻，对吧？他们不是故意造成伤害的。他们受到了惊吓。如果有一大群人要来烧我们的房子，我们不也会受到惊吓吗？肯定会的。我们有权保护自己，没人能够责备我们。哎，如果村民像这样来到我家，我也会随手抄起家伙——没准儿会拿起斧头。”

伯纳德不太相信。这样一位身材瘦小的女士手持斧头追砍众人的场景太过离奇。

“他们的行为很过火。”他温和地提醒对方。

“我知道。可是年轻人受到惊吓的时候很容易采取过激行为。我记得我从小遭到不公正对待的时候总是怒火中烧。如果我有力量发泄胸中的怒火，那么后果肯定不堪设想，绝对不堪设想，我向你保证。”

“不幸的是，”他提醒说，“这些孩子具备这种力量，你得承认，绝不能让他们动用这种力量。”

“是不能，”她说，“但等他们长大懂事就不会任性妄为。我敢肯定他们不会。听说要把他们送走。但你们不会这么做，对吧？他们还年轻。我知道他们有些任性，但他们需要我们。他们并不邪恶。只是近来他们受到惊吓。他们以前不是这样的。如果能让他们留在这里，我们可以教导他们仁爱和温柔，让他们明白大家不是有意伤害他们……”

她抬头看着他的脸，双手紧紧地按在一起，眼神中透出恳求，几乎要坠下泪来。

伯纳德不悦地看着她，觉得十分惊讶，她竟将造成六条人命和多人重伤的罪行视作孩子们的无心之过。他几乎能看到，她的眼里只有这些金眼儿童。她永远都不会苛责、不会停止溺爱、不会明白……他开始为兰姆小姐感到心痛……

他只能解释说决定权不在他手上，并告诉她别抱奢望，他会把她说的话写进报告。然后他从她身边轻轻地走开，继续向前走，他知道对方在他身后用急切而又责备的眼神打量着他。

他从村里穿过，村里人烟稀少，到处弥漫着一种驯服的气氛。他想，大家对圈禁措施肯定反应强烈，但周围的少数几个人，除了一两对聊天的村民之外，都在做自己的事。一名在绿地周边巡逻的警察看起来明显是厌倦了自己的工作。孩子们给他们上的第一课——成群结队比较危险——似乎已经发挥了作用。这是独裁统治的第一步：难怪俄国人并不在意对吉日斯克大开杀戒……

希克姆巷二十码远的地方走来两个孩子。他们坐在路边，全神贯注地注视着西边的天空，根本没有觉察到他的到来。

伯纳德停下脚步，抬头顺着他们的视线看了过去，顿时听到喷气发动机的声响。飞机银色的机身在蓝色的夏日天空中清晰可辨，飞机正在五千英尺左右的高度向这边飞来。正当他看到飞机时，机身下面出现了黑点。白色的降落伞依次打开，五个人开始飘落下来。飞机继续平稳地向前飞。

他看了一眼孩子们，正好看到他们交换了一下眼神，得意地笑了。他又抬头看了一眼安详飞行的飞机和五名机组人员拖着降落伞缓慢下降。他对飞机并不在行，但仍然可以确定眼前是一架凯里轻型远程轰炸机，通常载有五名机组人员。他又若有所思地看着这两个孩子，这时对方也注意到了他。

三人彼此仔细打量了一阵，这时轰炸机继续嗡鸣，正好从头顶上经过。

“这，”伯纳德说，“可是一架很贵的飞机。现在飞机坠毁，有人要发火了。”

“这是个警告。但他们可能还得损失几架才会相信。”男孩说。

“很可能。你们真是出手不凡呀，”他顿了一下，依然打量着他们，“你们是不喜欢飞机从头顶飞过，对吧？”

“对。”男孩说。

伯纳德点点头。“我可以理解。但是，告诉我，你们的警告为什么总是这么严厉呢？为什么总是超出必要的限度？难道不能让飞机掉头飞走吗？”

“我们本来可以让飞机直接坠毁的。”女孩说。

“我相信你们做得到。我们得感激你们没这么做。但让它掉头也能收到同样的效果，对吧？我不明白你们为什么做得这么过火。”

“这样才能留下更深刻的印象。否则我们得让飞机一架接一架掉头，才有人相信是我们干的。但是，如果每次飞到这里都会损失一架，他们就会重视。”男孩告诉他。

“我明白了。这跟昨晚的道理一样，对吧。如果你们只是让众人走开，就达不到警告的效果。”伯纳德说。

“你觉得能达到效果吗？”男孩问。

“我觉得要看怎么做。但肯定没必要让他们自相残杀，这跟谋杀没有分别。我的意思是，从实际的角度来看，总是做得过火，不是显得不明智吗？这样会引发愤怒和仇恨。”

“或者说恐惧。”男孩说。

“哦，你们想制造恐惧，对吧？为什么呢？”伯纳德问。

“只有这样你们才会远离我们，”男孩说，“这是手段，不是目的。”他的金色眼睛转向伯纳德，平静而诚实地看着他，“迟早你们会想办法杀害我们。无论我们怎么表现，你们都会除掉我们。只有我们先下手为强，才能占据上风。”

男孩冷静地说着，但他的话深深穿透了伯纳德的防线。

转瞬之间，对方听起来像是一个成人，看起来像个十六岁的孩子，实际上他的年龄只有九岁。

“有一会儿，”他后来说，“这番话让我大吃一惊。我几乎惊慌失措。这个儿童-成人组合体打乱了所有的秩序……我知道现在看起来只是一桩小事；但在当时我深受启发，天哪，我感到害怕……我突然发现他们具备了双重意味：从个体来看，他们仍是孩子；放在一起，他们又是成人；像成年人一样跟我说话……”

过了一会儿伯纳德才振作起来。这时，他回想起警察局长的情形，但那情形令人警醒，而且十分特别。他更仔细地打量这个男孩。

“你是埃里克吗？”他问。

“不是，”男孩说，“有时我是约瑟夫。但是现在我代表大家。你不必害怕我们，我们想跟你们沟通。”

伯纳德又振作起来。他故意坐在孩子们身边的路基上，用理性的腔调说话。

“除掉你们，我看还不至于，”他说，“当然，如果你们继续像最近这样表现，我们会恨你们，我们会报复——或者换句话说，我们必须自我保护。但是如果你们有所节制，我们也会慎重考虑。你们就这么仇恨我们吗？如果不是，那肯定可以达成某种妥协……”

他看着男孩，仍然希望把对方当作孩子。最后男孩打破了他的所有幻想。他摇头说：

“你打错了算盘。这不是仇恨或者喜爱的问题。两者没有什么分别。这也不是可以协商的问题。这是生物义务。你们不可能不杀害我们，因为如果你们不这么做，你们就完蛋了……”他故意停顿一下，提醒对方重视起来，然后继续说，“还有政治义务，这一点更直接，而且更明显。现在，你们的有些政客已经在思考，能不能在这里采取俄国人的办法。”

“噢，你们都知道了？”

“当然知道。只要吉日斯克的孩子活着，我们就不必担心。一旦他们死了，会出现两种情况：一是平衡被打破，二是俄国人肯定意识到这些孩子只是麻烦而没有价值，否则他们不会打破平衡。

“不能否认生物义务。俄国人根据政治动机履行生物义务，毫无疑问，你们也会这样做。爱斯基摩人是根据原始本能做决定，但结果是一样的。

“但是对你们来说，问题更加复杂。对俄国人来说，一旦他们觉得吉日斯克的这些孩子毫无用处，与他们预想的不一样，他们的选择只有一个。在俄国，个体需要服务国家；如果有人将个体置于国家之上，他就是叛徒，社会就有义务清除叛徒自我保护，无论他是个体还是群体。在这起事件中，生物义务和政治义务恰好重叠。如果必须牺牲一些无辜的人，那也无能为力；出于服务国家的需要，他们有义务牺牲。

“但对你们来说，问题就没这么简单。不仅你们的生存意志受到传统深深掩埋，而且你们秉持的原则是国家服务个体。故而你们的良心会受到拷问，因此认为我们有‘权利’。

“我们的第一个危险期已经过去。那就是你们第一次听说俄国人采取行动的时候。果断的人本来应该立即在这里搬演同样的‘事故’。把我们藏在这里，既符合你们的利益，也符合我们的利益，因此这么处理本来没有什么问题。但是现在，情况变了。住进特雷恩医院的人已经在谈论我们；实际上，经过昨晚的事，到处都在谈论和传言。这里发生‘事故’的说法已经无法令人信服。所以，你们要怎么清除我们呢？”

伯纳德摇摇头。

“你看吧，”他说，“假如我们以更加文明的方式来考虑这个问题——毕竟，这是个文明国家，一直都能够妥协。我不信达不成妥协。历史已经表明，我们在对待少数族裔方面，比大多数国家更加宽容。”

这次是女孩做出回答。

“这不是文明与否的问题，”她说，“这是很原始的问题。如果我们存活下来，我们就会统治你们——显然这不可避免。你们愿意被取代和消灭而不作任何挣扎吗？我想你们还没有堕落到这个地步。而且政治上也有问题：无论一个国家有多么宽容，它能纵容一个日益强大的少数族裔主宰一切吗？答案显然也是否定的。

“所以，你们会怎么做呢？你们讨论这个问题的时候，我们很可能是安全的。你们中间有一部分比较原始的人，容易听凭直觉做事——我们昨晚在村里已经看到——他们会倾向于追捕我们，消灭我们。但你们中间更加开明、更加负责、更崇信宗教的人会遇到道德困扰。他们反对任何形式的过激行为，他们中有真正的理想主义者——还有虚假的理想主义者；后者人数众多，他们妄称理想是来生保险的保费，只要他们个人能够在天堂之门得到高尚的评价，他们愿意消除后代的奴役和贫困。

“同时，还有右翼政府，被迫考虑对我们采取极端行为，左翼政客则会看到赚取政党资本的机会，有可能让政府下课。他们会将我们视作被威胁的少数族裔、儿童或者诸如此类，从而捍卫我们的权利。左翼政党领导人会代表我们行使正义。无需经过全民公决，他们会声称自己代表正义、仁爱和伟大人民的心声。然后，有人会意识到问题严重，如果他们强迫发动选举，很可能会造成支持者之间产生分裂，一方是支持该党采取热心政策的人，另一方是对我们心存顾虑的普通阶层；因此他们会减少展示抽象的正义，或者减少宣传久经考验的、十分抢手的道德。”

“你似乎不看好我们的政府。”伯纳德插话说。女孩耸耸肩。

“作为稳坐支配地位的物种，你可以偏离现实，故作玄虚。”她回答道，然后她继续说，“当这些人在争辩的时候，许多人会明白，对付比自己高级许多的物种并不容易，他们无法继续拖延。他们会采取实际行动对付我们。但我们昨晚已经展示了，如果他们派兵来对付我们，会得到什么结果。如果你们派飞机来，飞机会坠毁。好吧，你们可能会想到大炮，就像俄国人一样，甚至会想到我们无法控制的电子制导炸弹。但那样一来，你们不仅杀了我们，还会杀害全体村民——你们需要花很长时间思考是否采取这样的行动，而且一旦实施，在这个国家有哪个政府在迫不得已的情况下屠杀大量无辜人民之后还能继续执政？不仅授权采取行动的政党会寿终正寝，而且即使他们消除了危险，他们的领导人也将被处死抵罪。”

她停了下来，男孩又接着说：

“具体细节可能有所变化，但随着人们了解我们的存在带来的威胁，不可避免地会发生这样的情况。你们可能会进入一个奇特的新时代，两个政党会争先恐后退出政府，从而避免对我们采取行动。”他停了下来，若有所思地看着远处的田野。然后他说：

“好吧，就是这样。我们双方在这件事上的愿望都不重要——或者说我们都只有一个愿望——那就是生存。你知道，我们都受生命力的驱使。只是你们人数众多，但大脑简单；我们大脑发达，但身体虚弱：现在我们相互对立，不知接下来会发生什么。从彼此的角度来看，或许这是个残酷的游戏，但这是个十分古老的游戏。残酷像生命一样古老。人类在这方面取得了一些进步：幽默和同情是人类最重要的发明；这两点很有前景，但还不够稳固。”他停下来，脸上露出笑容，“——这话真有点儿像是我们的启蒙老师泽勒比的口气——”他插了一句，然后继续说，“但生命力比自身更加强大；它的血腥无法否认。

“但是，我们似乎觉得至少对抗的时间可以推迟。这就是我们想与你沟通的原因……”

第二十章
通　牒

“这，”泽勒比责备道，一个金眼女孩坐在路边的树枝上，“这是限制我的行动范围，根本没必要。你们都知道我每天下午都会散步，每天都会喝下午茶。专政很容易会成为坏习惯。再说了，还有我太太留下当人质。”

女孩似乎盘算了一下，高兴地朝嘴里塞了一大颗糖果。

“好吧，泽勒比先生。”她说。

泽勒比抬起一只脚。此前，这里有一重无形的障碍阻挡住他，但这次脚没有受到阻挡。

“谢谢你，亲爱的，”他一边说，一边礼貌地低一下头，“来吧，盖福德。”

我们往前走进树林，剩下这名守卫悠闲地晃着双腿，嚼着糖果。

“这事有个很有意思的地方，那就是个体和集体之间的区分，”泽勒比说，“我已经取得了一些实质性进展。这孩子对糖果的喜好确实是个体的，不可能是集体的；但她允许我们出界是集体的决定，就像圈禁我们的决定一样。既然思想是集体的，那感觉呢？剩下的孩子能通过她享受糖果吗？看来不能，但他们肯定知道她在吃糖，甚至能闻到它的味道。当我给他们放电影和讲课的时候也有同样的问题。理论上讲，如果只有两个孩子出席，剩下的孩子都能得到同样的体验——他们就是这样学习，我已经告诉过你——但实际上我去农庄的时候教室里总是坐满了学生。照我看，当我放电影时，他们能从男女代表身上得到体验，但在传递视觉感受的时候，有些东西损失掉了，因为所有孩子都想亲自观看。很难让他们自己透露更多，但看起来画面对他们的个体更有吸引力，就像糖果对个体更有吸引力一样。这一点可以引发许多问题。”

“我能相信，”我同意地说，“但这是研究生考虑的问题。就我而言，仅他们出现在这里这个基本问题就足够我思考的了。”

“噢，”泽勒比说，“我觉得这没什么新奇的。这跟我们出现在这里是一个道理。”

“我不明白。我们是进化而来的——但这些孩子是从哪里来的呢？”

“你不是接受有事实依据的理论吗，亲爱的朋友？一般人认为我们是进化而来的，为了证明这一推测，一般认为曾经有一种生物是我们的祖先，也是猿的祖先——我们的祖先习惯将其称之为‘缺失的一环’。但从来没有足够的证据证明这种生物存在过。缺失这一环，哎呀，整个假设存在许多缺失环节——如果这个比喻可以接受的话。你能看出各种各样的种族都是从这一环进化而来吗？不管我怎么努力，我都看不出来。我也看不出在后来的阶段有一种游牧的生物发生分离，发展出特定和不同的种族特征。在岛屿上这一点还可以理解，但在大陆上不可能。乍一看，气候可能产生了影响——但我发现蒙古气候特征显然与赤道和北极的气候特征不同。再想一想，还有无数过渡类型，而我们找到的痕迹还十分有限。想一想，要想将黑种人、白种人、红种人和黄种人追溯到共同的祖先，我们得追踪多少代人。再想想，成百上千万进化中的祖先应该留下无数痕迹的地方，实际上只是一片空白。我们对爬行动物时代的了解，远远超过了我们对进化过程中的人类时代的了解。多年以前，我们已经完成了马进化树形图。如果我们能够画出人类进化树形图，现在我们应该早就完成了。但我们找到了什么？只有少量独立样本。没有人知道它们属于整个进化图中的哪一部分，因为根本没有进化图——一切只是推测。标本跟我们没有关系，就像我们跟这群孩子没有关系一样……”

我听他对漏洞百出的人类种族系统史滔滔不绝地谈了半个小时，泽勒比说完之后道歉说，这么宏大的话题，他只用五六句话很难充分说明。

“不过，”他又说，“你可能已经明白，传统观点有许多漏洞，并没有什么实质。”

“既然你觉得这个理论无效，然后呢？”我问。

“我不知道，”泽勒比承认说，“但我不能因为没有更好的理论就接受糟糕的理论，我觉得一个理论要站得住脚，必须有大量的证据支撑，缺乏证据，我就会反对——且不管我有没有新的理论。因此，客观地讲，这群孩子出现之后我不觉得惊讶，就像突然出现的各色人种一样，你很难找到早期的进化脉络。”

这么随意的结论不像是泽勒比的风格。我想他可能已经有了自己的理论。

泽勒比摇摇头。

“没有。”他诚实地回答，然后接着说，“当然，我必须推测。恐怕有时结果不尽如人意，有时结果令人不适。例如，对像我这样的理性主义者来说，思考是否有什么外部力量在安排这一切很令人不安。看看这个世界，有时的确觉得这是个毫无秩序的试验场。有人可能会时不时向这个试验场里投放一个新物种，看它在混乱之中有什么进展。对创造者来说，看着他的创造表现自我是很美妙的，你觉得呢？看看这一次他创造的是胜利者还是失败者，观察早期模型的进展，看看哪一种类型更能毁灭别的种族……你觉得呢？——啊，就像我对你说过的一样，这种推测令人不适。”

我告诉他：

“说实话，泽勒比，你不仅说得太多，而且说的很多都是无稽之谈，还说得煞有介事，让听众十分疑惑。”

泽勒比看起来有些受伤。

“亲爱的朋友，我向来都是讲道理。这是我的主要弱点。你必须区分内容和容器。你想让我用单调而又教条的方式说些头脑简单的家伙——上帝保佑他们——会信以为真的话吗？就算我这么说，你也得评估一下内容。”

“我想知道的是，”我坚定地说，“既然你已经摒弃了人类进化的想法，你有什么认真的假设可以取而代之吗？”

“你不喜欢我的‘创造者推断’吗？我也不怎么喜欢。但至少它的可能性不亚于进化论，而且比许多宗教解释更好理解。当然，我说的‘创造者’，不一定是个体，很可能是群体。我觉得，如果我们的生物学家和基因学家选择一处偏僻岛屿作为试验场，他们会很有兴趣观察标本之间发生生态冲突，并从中受益。毕竟，一个星球在宇宙之中不就相当于一座小岛吗？但我说过，推断还不能算是理论。”

我们走了一圈，来到奥普利路上。接近村子时，一个人从希克姆巷走了过来，他正在沉思，转弯走到我们前面。泽勒比叫了一声。伯纳德回过神来。他停下脚步等我们。

“看样子，”泽勒比说，“托兰斯医生没帮上你的忙呀。”

“我根本没有找托兰斯，”伯纳德承认说，“现在看来没必要麻烦他了。我已经跟几个孩子聊过。”

“不是几个孩子，”泽勒比温和地反驳说，“跟你聊天的要么是男孩集合体，要么是女孩集合体，或者是男女集合体。”

“好吧，你纠正得对。我和全体孩子谈过——至少我是这么想的，但我从男孩和女孩的聊天中觉察到一种明显的泽勒比风格。”

泽勒比很高兴。

“鉴于我们的处境就像狮子和羊一样，我们的关系一直不错。很高兴教育产生了一些影响，”泽勒比说，“你们相处得怎么样？”

“我觉得‘相处’这个词用得不到位，”伯纳德说，“我被上了一课，受益匪浅。而且，最后我负责传达最后通牒。”

“真的吗——传达给谁？”泽勒比问。

“我不太确定。我想，大体是传达给能帮他们乘飞机转移的人吧。”

泽勒比皱起眉头。“转移到哪里？”

“他们没说。我想，要去一个不受打扰的地方。”

他简单讲述了孩子们的要求。

“看来真到了这一步，”他总结说，“在他们看来，他们的存在已经对当局构成挑战，无法继续回避下去。当局不能再视而不见，但是任何政府想要对付他们，一旦遭遇失败，都会造成巨大的政治灾难，即使取得成功，也会遭受同样的灾难。这群孩子无意发动进攻，或者被迫采取自卫……”

“这是自然，”泽勒比喃喃说道，“他们当务之急是要生存下来，将来才能取得统治地位。”

“因此现在提供便利将他们转移，对各方都最有利。”

“这就意味着，我们输给孩子们了。”泽勒比一边说，一边陷入沉思。

“听起来很有风险——我的意思是，从他们的角度来说。所有人坐在一架飞机里。”我建议说。

“噢，他们才不会这么傻呢。他们已经考虑了所有细节。他们要求提供多架飞机。必须派一组人检查飞机，搜索定时炸弹或者类似装置。必须提供降落伞，他们会挑选一些降落伞进行测试。还有许多类似的要求。他们从吉日斯克事件中学到的东西比我们更多，我们玩不出什么花招。”

“嗯，”我说，“你这么说我倒是不敢恭维。他们有别的方案吗？”

伯纳德摇摇头。

“没有。或许‘最后通牒’不够恰当，‘要求’更合适。我告诉孩子们我不知道有没有人听我的。他们说想先尝试一下——如果行得通就会省去很多麻烦。如果行不通——在我看来显然行不通——他们说会派两个人跟着我采取第二种办法。”

“警察局长已经见识到他们的‘胁迫能力’，恐怕不会有什么好果子吃。如果有必要的话，我想他们会不断施压，直到通牒传到顶层。有什么办法阻止他们？”

“有时候，我觉得这是不可避免的，就像四季交替一样，”泽勒比回过神来说道，“但我没料到来得这么快——如果俄国人没有让形势急转直下的话，我觉得几年之内会相安无事。我觉得这些孩子也不想这么快就采取行动。他们知道，时机尚不成熟。这就是为什么他们想要去一个不受打扰的地方。

“我们面临着一个道德困境。一方面，我们有义务保护自己的种族和文化，消灭这些孩子，显然，如果不这么做，最理想的情况是我们会被他们彻底统治。他们的文化，且不论是什么文化，会消灭我们的文化。

“另一方面，正是我们的文化让我们对无情地消灭没有武装的少数族裔顾虑重重，且不说在具体实施过程中会遇到什么障碍。

“第三方面——天哪，多么艰难呀——任由这群孩子转移到更加落后的地方，让相对落后的当地人来对付他们，只是一种逃避和拖延，甚至是缺乏道德勇气。

“这让我更加欣赏 H. G. 威尔斯笔下更直截了当的火星人。这种情况很不幸，没有哪一种解决办法不存在道德上的漏洞。”

我和伯纳德默默地听着。这时我忍不住开口说：

“听起来像是无数个世纪以来哲学家们面对进退两难的情况时下的结论。”

“噢，那肯定不是，”泽勒比反驳说，“遇到每一种选择都不道德、进退两难的情况，仍然有可能代表大多数人做出行动。因此，应该以最小的成本，在最短的时间内消灭这些孩子。我很抱歉得到这个结论。九年来我非常喜欢他们。而且，不管我太太怎么说，我觉得我们之间已经形成了类似友谊的关系。”

他又停了许久，然后摇摇头。

“这一步是对的，”他重复说，“但是，当然我们的当局不会接受——对此我倒是心存感激，因为我觉得除了消灭村里所有人之外，他们别无选择。”他停下来，看着米德威奇安静地沐浴在下午的阳光中，“我已经垂垂老矣，无论如何我活不了多久，但我有个年轻的太太，还有个年幼的儿子；我想让这一切继续下去，越久越好。不，当局可能会争辩，这毫无疑问；但如果这些孩子想走，他们就会走。人道主义会战胜生物义务——这就是正直，你们说呢？抑或这就是堕落？但邪恶的一天会被推迟——推迟多久呢，我不知道……”

凯尔庄园的茶准备好了，但喝了一杯之后，伯纳德起身向泽勒比夫妇道别。

“我再待下去也没有意义，”他说，“我越早把孩子们的要求传达给心存怀疑的上司，就能越早推动事情的进展。我觉得你的想法无疑是对的，泽勒比先生，但我个人会尽力让这些孩子尽快离开这个国家。我这辈子见过许多令人不快的情形，但从没见过像你们的警察局长的堕落那样清楚的警告。当然，我会告诉你事情的进展。”

他看着我。

“你跟我一起走吗，伯纳德？”

我犹豫了一下。珍妮特在苏格兰，还要几天才回来。伦敦也没什么事需要我现场处理，我觉得米德威奇这群孩子的问题可能比我在伦敦的经历更加有趣。安吉拉看出了我的心思。

“你如果愿意就请留下吧，”她说，“我想我们现在需要有人陪伴。”

我觉得她是认真的，于是接受了邀请。

“不管怎么说，”我对伯纳德说，“我们还不知道你送信的差使需不需要人陪伴。如果我跟你一起走，或许我根本出不了村。”

“哦，你说那可恶的圈禁，”泽勒比说，“我必须跟他们认真谈谈——这真是荒谬的恐慌措施。”

我们把伯纳德送到门口，看着他挥了挥手，驾车离开。

“是啊。我想，我们输给孩子们了，”汽车走上大路时，泽勒比又说了一遍，“注定如此……然后呢？”他轻轻地耸耸肩，摇摇头。

第二十一章
结　局

“亲爱的，”泽勒比看着餐桌对面的妻子说道，“如果你今天上午碰巧去特雷恩，能不能买一大罐糖果？”

安吉拉的注意力从烤炉转向丈夫。

“亲爱的，”她说，语气中不无亲热，“第一，想想昨天发生的事，你就会记起来根本去不了特雷恩。第二，我可不想买糖果给孩子们吃。第三，如果你打算今晚去农庄给他们放电影，我强烈反对。”

“圈禁，”泽勒比说，“已经解除了。我昨晚对他们说，这么做很愚蠢，很欠考虑。有兰姆小姐、奥格尔小姐这些人在，他们的人质不可能在他们不知情的情况下集体逃跑。没必要麻烦大家；只需看着一半或者四分之一的村民，就可以控制所有村民。而且，如果有一半的孩子去大小道路上惹人讨厌，我建议取消今晚有关爱琴群岛的讲座。”

“他们同意了？”安吉拉问。

“当然了。他们又不傻，知道吧。讲道理他们很容易接受。”

“哦，真的呀！我们可是经历了这么多……”

“他们是这样，”泽勒比反驳说，“他们紧张或者受惊的时候会做蠢事，我们不也一样吗？因为他们还年轻，做事有些过火，年轻人不都是这样吗？而且，他们焦虑不安——如果吉日斯克发生的事要发生在我们头上，我们不也会焦虑不安吗？”

“戈登，”他妻子说，“我真搞不懂你。这些孩子伤了六条人命。他们杀了六个熟人，还伤了更多，有些伤势很重。这种事随时有可能发生在我们任何人身上。你要为他们开脱吗？”

“当然不是，亲爱的。我只想说他们受到惊吓的时候会犯错误，就像我们一样。总有一天为了生存他们会与我们斗争；他们知道这一点，由于过度紧张，他们误以为这一刻已经到来。”

“难道我们现在只能说：‘我们很遗憾你们误杀了六个人。我们既往不咎吧。’”

“不然还有什么办法？难不成你想跟他们对抗？”泽勒比问。

“当然不是，可如果像你说的一样，法律拿他们没有办法——但我真不明白如果法律不承认所有人都知道的事实，法律还有什么用处——即使法律无能为力，也不是说我们可以视而不见，装作什么都没有发生。除了法律惩罚，还有社会惩罚。”

“我必须谨慎，亲爱的。我们已经看到，在实力面前，这两种处罚一无是处。”泽勒比严肃地说。

安吉拉一脸疑惑地看着他。

“戈登，我真搞不懂你，”她重复道，“在很多事情上我们的想法都保持一致。我们的原则一致，但现在我真不懂你。我们不能假装什么都没有发生：视而不见与赦免没什么区别。”

“你和我，亲爱的，看问题的标准不一样。你参照的是社会规则，看到的是罪行；我看到的是自然的斗争，没有什么罪行可言——只有冷酷、原始的危险。”他说最后两个词的语气与平时的语气迥然不同，我们两个不约而同惊讶地看着他。我第一次看到一个不一样的泽勒比——这个泽勒比身上的果断让他的作品比表面上看起来更有深意——很明显，看起来比那个大家耳熟能详、夸夸其谈的泽勒比更显年轻。然后，他又回到平常的风格。“聪明的羊不会惹恼狮子，”他说，“它会抚慰对方，等待时机，心存希望。孩子们喜欢糖果，他们期待着吃糖果。”

他的眼睛和安吉拉的眼睛对视了几秒。我看到她眼里疑惑和受伤的神情消散，取而代之的是一种彻底的信任，让我显得有些不好意思。

泽勒比转向我。

“恐怕今天上午我有些事情需要处理，亲爱的朋友。或许你可以庆祝一下我们成功解围，陪安吉拉去特雷恩走一趟？”

* * *

我们回到凯尔庄园时，还不到午饭时间。我看到泽勒比坐在阳台前面砖地上的帆布椅里。一开始他没有留意我，看到他时，我吃了一惊，他竟然判若两人。吃早饭的时候，我看到的是一个更年轻、更健康的男人；现在他看起来老态龙钟、精疲力竭，比我想象的更加苍老；他坐在那里，任由微风吹拂着他的银色白发，目光盯着遥远的地方。

然后，听到砖地面上传来我的脚步声，他突然变了。他的疲乏一扫而空，眼神中的迷茫消失不见，他的脸依然是十年来我一直司空见惯的样子。

我在他身旁的椅子上坐下，将一大罐糖果放在地上。他盯着看了一阵。

“好，”他说，“他们很喜欢糖果。毕竟，他们还是孩子——还有正常孩子的一面。”

“看吧，”我说，“我不想干涉你的事，可……哎，你觉得今晚去那里明智吗？毕竟，覆水难收。形势已经改变。现在他们和村民——就算不包括所有村民——之间的敌意已经公开。他们肯定会怀疑有人会对他们采取行动。他们通过伯纳德发出的最后通牒不会马上得到接受，就算最终能得到接受的话。你说过他们很焦虑，他们肯定仍然很焦虑——因此，他们仍然很危险。”

泽勒比摇摇头。

“我没事，亲爱的朋友。我在官方插手之前就开始教他们，一直教到现在。不能说我很理解他们，但我想我比任何人都理解他们。最重要的是，他们信任我……”

他陷入沉默，靠在椅背上，看着杨树在风中摇摆。

“信任——”他刚要开口，安吉拉端着雪利酒瓶和酒杯走出来，他转移话题，问特雷恩的人有没有谈论村里的事。

午饭时，他不像平时那样健谈，饭后他走进书房。过了一会儿，我看到他走下车道，像往常一样散步，既然他没有邀请我一起去，我就舒适地坐在花园里的帆布躺椅上。之后他回来喝茶——提醒我吃好一点，因为他出去给孩子们上课的时候，晚饭会比较晚。

安吉拉插了一句，但显然不太自信：

“亲爱的，你真的？我的意思是，你的电影孩子们都看过。我知道爱琴岛的影片你至少已经放了两遍。能不能推迟一下，或许可以租一部新片？”

“亲爱的，这是一部好电影；看一两遍远远不够，”泽勒比有些受伤地说，“而且，我每次讲的内容都不一样——对于希腊岛屿，每次都有新的东西可讲。”

六点半我们开始将他的装备装进车里。东西很多。许多箱子，里面装着投影机、电阻、功率放大器、音响，一箱子电影胶片，一个录音机（这样他讲的话不会忘记），每个箱子都很沉。等我们把箱子装进去，在上面放上立式麦克风，看起来就像是他要去作长途旅行，而不是去上晚课。

我们干活的时候泽勒比在旁边查看，将所有东西清点一遍，包括糖果罐子，最后点点头。他转向安吉拉。

“我请盖福德开车送我过去，帮我卸车，”他说，“不用担心。”他把她拉到身边，亲吻了她。

“戈登……”她开口说，“戈登……”

他的左胳膊仍然抱着她，用右手抚摸着她的脸，看着她的眼睛。他摇摇头，露出责备的神情。

“可是，戈登。我担心孩子们现在……如果他们……”

“不必担心，亲爱的。我知道我在干什么。”他说。

然后他转身上了车，我们开下车道，安吉拉站在台阶上，不悦地看着我们离去。

* * *

我开到农庄前面的车道上时心中不无担忧。然而，似乎没有发现任何异常。这是一幢巨大而丑陋的维多利亚时代建筑，两边是克里姆先生在时加盖的工业时代风格实验室，两种风格显得极不协调。前面的草坪丝毫没有留下几天前打斗的痕迹，尽管有些灌木丛遭到踩踏，当时发生的事让人很难相信。

有人留意到我们的到来。我还没有打开车门下车，房子前门就猛然打开，十几个孩子激动地冲下台阶，齐声喊道：“你好，泽勒比先生。”他们很快就打开后门，两个男孩开始往外递东西，其他孩子开始搬。两个女孩搬着麦克风和屏幕冲上台阶，另一个女孩拿到糖罐之后大声尖叫，追上前面两个女孩。

“喂，”他们开始搬动较重的箱子时，泽勒比担心地说，“这些东西很精致，小心点。”

一个男孩咧嘴看着他，然后格外小心地搬起其中一只黑色箱子，递给另一个男孩。现在，这群孩子除了长相出奇地相似之外，看起来一点都不奇怪，一点都不神秘。自从回到村里之后，我第一次感受这群孩子普通的一面。毫无疑问，泽勒比回到这里很受欢迎。我看着他，他站在那里看着大家，脸上露出慈祥而又略有沉思的笑容。从眼前的场景来看，几乎没办法将这群孩子与危险联系起来。我甚至有种错觉，这群孩子根本就没问题；我们所谈论的所有的理论、恐惧和威胁针对的是另外一群孩子。很难想象，是他们造成警察局长精神错乱并让伯纳德深受打击。更难相信他们已经发出最后通牒，一直要送到政府高层。

“希望大家都在。”泽勒比有些疑虑地说。

“是的，泽勒比先生，”一个男孩保证说，“除了威尔弗雷德，大家都在。他在病房。”

“哦，对。他怎么样了？”泽勒比问。

“他的背还在疼痛，但弹片都已经清理干净，医生说他没事。”男孩说。

我心里这种分裂的感觉不断增长。我越来越怀疑，我们是不是对这些孩子产生了误解，不敢相信站在我旁边的泽勒比就是今天上午还在谈论“冷酷、原始的危险”的那个人。

最后一个箱子也被搬了下来。我记得我们把箱子搬上车时，这只箱子已经在车上。箱子显然很沉，两个男孩一起抬着。泽勒比略带焦虑地看着他们把箱子搬上台阶，然后转向我。

“谢谢你帮忙。”言下之意是要跟我道别。

我有些失落。孩子们的这一面吸引了我；我本来打算留下来听他上课，趁着大家都在而且都很放松，研究一下他们正常的一面。泽勒比似乎看透了我的心情。

“我本来想请你一起参加，”他说，“但是不得不说安吉拉今晚很担心我。她很不安，你知道。她对孩子一直都很不安，近来尤其如此。我想，她今晚比我更需要陪伴。希望，亲爱的朋友，你……你能不能……”

“当然，”我告诉他，“我真是粗心，没想到这一点。当然了，我怎么会拒绝呢？”

他笑着伸出手。

“很好。我很感激，亲爱的朋友。我相信你。”

“孩子们已经等不及了，”他说，“去吧，普利西拉。”

“我是海伦，泽勒比先生。”她告诉他。

“啊，好吧。没关系。来吧，亲爱的。”泽勒比说着，和她一起走上台阶。

* * *

我回到车上，不慌不忙地开车离开。回村的路上，我留意到镰刀与石头酒馆生意火爆，我本想停下来看看大家最近怎么样，但既然泽勒比有所托付，我打消了这个念头，继续往前开。到了凯尔庄园，我把车掉个头，停在那里，准备晚些去接他，然后走进房子。

主客厅里，安吉拉坐在敞开的窗户前，收音机上播放着海顿的四重奏。我进屋的时候，她转过头，看到她的脸之后，我很高兴泽勒比让我回来。

“他很受孩子们欢迎，”我告诉她，回答她没有说出口的问题，“依我看——除了感觉像是看同一个孩子的复制品之外——他们和其他学校体面的学生毫无区别。他说孩子们信任他，说得一点没错。”

“或许是这样，”她说，“但我不相信他们。自从他们胁迫母亲们回到村里之后，我就再也不相信他们。我尽力不让自己担心，直到他们杀害了吉姆·波尔，从那以后我就对他们感到害怕。谢天谢地我当机立断把迈克尔送走了……谁也说不准他们随时会做出什么。连戈登都承认他们已经惊慌失措。我们没必要再待在这里，让我们的生命听凭孩子们的恐惧和脾气摆布……”

“你觉得有人会慎重对待韦斯科特上校的‘最后通牒’吗？我看不会。这就意味着孩子们必须采取行动证明必须听他们的话；他们不得不说服那些身居要职、顽固而又愚蠢的家伙，谁也不知道怎么做才能达到这一点。考虑到此前发生的种种事情，我感到很害怕——我真的很害怕……他们才不会在意我们任何人遭受什么结果……”

“孩子们在这里采取什么行动都没什么意义，”我安慰她说，“在别的地方采取行动才有效果。和伯纳德一起去伦敦，他们这么威胁说。如果他们像对待警察局长一样对待几位大人物——”

我突然停了下来，一阵明亮的闪光，仿佛闪电一般，将我的话打断，接着一阵强烈的震动，房子颤栗起来。

“怎么？”我开口说。但没有继续说下去。

爆炸的冲击波从敞开的窗户中传进来，差点将我冲倒在地。接着是一阵震耳欲聋的巨响，房子似乎要摇晃起来。

随后传来各种物件跌落碰撞的声音，然后又恢复了平静。

我下意识地从蜷在椅子里的安吉拉身边跑过去，冲出敞开的窗户，跑到草坪上。空中满是飘落的树叶，纷纷扬扬。我转身看着房子，墙上两大块爬墙虎已经被震掉，耷拉下来。西面的每一扇窗户都张口结舌地看着我，所有窗户的玻璃已经荡然无存。我又朝另一个方向看去，透过树林上方传来一阵白色和红色闪光。我顿时什么都明白了……

我又转过身，跑回客厅，但安吉拉已经不在，椅子上空无一人……我喊了一声，但没人应……

最终，我在泽勒比的书房找到她。书房里到处都是碎玻璃。一块窗帘已经脱落，垂在半个沙发上。泽勒比家的照片有些已经从壁炉架上跌落，摔碎在壁炉边的地面上。安吉拉坐在泽勒比的书桌旁，伏在桌上，头趴在光着的胳膊上。我进来时，她一动不动，也没有发出任何声响。

门一开，门和空窗框之间涌进一股气流。她身边的一张纸条吹到桌边，飘落到地上。

我捡起纸条。明显是泽勒比的字迹。我根本不需要阅读信上的内容。从我看到农庄方向传来红白闪光，同时想起黑色的箱子（我本来以为里面装的是录音机和其他设备），我就什么都明白了。再说，这封信也不是写给我的，安吉拉纹丝不动地趴在那里，当我把信放到她身边的桌上时，我看到了中间的几行字：

“……医生会告诉你，只是几个星期，或者顶多几个月的事。所以，不要伤心，亲爱的。

“说到这一点——我们在花园里生活了这么久，已经忘记了生存的常态。常言道：‘入乡随俗’①，说得很有道理，但是可以换个更合理的表达方式：如果你想在丛林中生存，就得遵守丛林的生存法则……”

① 原文为拉丁语，Si feuris Romae，Romani vivito more。